[目 录]
CONTENTS

DREAM

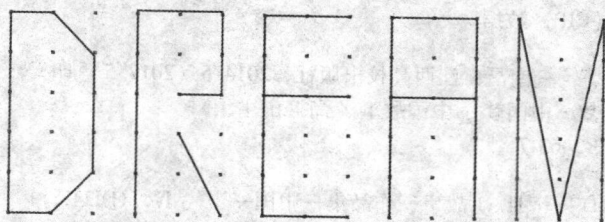

少年梦·青春梦·中国梦·中国故事

捉鱼小孩

王往 著

江西高校出版社
JIANGXI UNIVERSITIES AND COLLEGES PRESS

图书在版编目（CIP）数据

捉鱼小孩/王往著. —南昌：江西高校出版社，2014.5（2017.5 重印）
（少年梦·青春梦·中国梦：中国故事/尚振山主编）
ISBN 978-7-5493-2463-7

Ⅰ.①捉… Ⅱ.①王… Ⅲ.①故事—作品集—中国—当代 Ⅳ.①I247.8

中国版本图书馆 CIP 数据核字（2014）第 072285 号

出 版 发 行	江西高校出版社	
社 址	江西省南昌市洪都北大道 96 号	
邮 政 编 码	330046	
编 辑 电 话	（0791）88170528	
销 售 电 话	（0791）88170198	
网 址	www.juacp.com	
印 刷	北京一鑫印务有限公司	
照 排	麒麟传媒	
经 销	各地新华书店	
开 本	710mm×1000mm　1/16	
印 张	15	
字 数	215 千字	
版 次	2014 年 6 月第 1 版 2017 年 5 月第 2 次印刷	
书 号	ISBN 978-7-5493-2463-7	
定 价	29.80 元	

赣版权登字-07-2014-159

看电影

电影是一束光。

在乡村的夜晚，这束带着奇迹的光让黑暗生动起来，让贫穷富有起来，让寂寞欢腾起来。

等一等，天还没有黑，夕阳还没有收起光线的织布机，让我们先说说放映之前的事情。首先是两个放映员出场了。放映机在自行车后座上，胶片在车杠下吊着的帆布袋里。他们俩衣着整洁，神采飞扬，白里透红的脸上带着几分热情几分傲慢。对大人来说，这是一份吃香喝辣的职业，村干部将借此机会来一顿正大光明的公款吃喝，孩子们不关心这些，对孩子来说他们是英雄，是神奇的信使。他们跟在放映员后面不停地问，今晚放什么片子？放映员在孩子们面前不摆架子，干干脆脆地告诉他们片名。有些孩子急不可待地回去了，他们要催大人早点儿做饭，早吃了早来占着前面的位置。有些孩子好奇心重，不着急回去吃饭，他们要看放映员埋好两根竹竿，将银幕缓缓拉上。村干部催着放映员洗手吃饭了，这些孩子还在看着空空的银幕，猜想着那束光投射在上面将会出现什么。

有电影看的夜晚，孩子们吃饭是潦草的。最怕的是发电机突然响起来，这时他们会毫不犹豫地丢下碗筷，搬个凳子就跑了，嘴角上黏着的饭粒，鼻子上黏着的玉米渣都顾不上擦一下。

银幕前的人越来越多了，放映员和村干部打着饱嗝出来了，电影开始放映了！

是的，电影是一束光。当它投射到银幕上时，世界也就投射到了银幕上。

人们从电影上知道了村庄之外的另一些村庄，国家之外的另一些国家。在另一些村庄里，人们劳作之余可以喝咖啡而不是喝水，在另一些国家人们庆贺胜利时就在大街上接吻。当然，人们也知道了世界上还有比自己生活得更差的地方，有些地方还有奴隶，有些地方战火不断。

人们全神贯注于银幕，忘了白天曾经和邻居为了一只鸡而大吵大骂，忘了家里的粮食可能支撑不到明天晚上。电影，将人们带到了一个梦里。

孩子们更专注于对情节的猜测。看到头戴贝雷帽、手夹香烟的女人，他们就嚷起来，"特务！"果然那个女人很快化装成了特务；紧张的音乐响起，树木一动不动，他们立刻断定"鬼子来了！"果然，随着几把刺刀闪现，日本兵猫着腰走向了八路军躲藏的柴垛……

在这些孩子中，有一个叫小柿子的，他好奇心最重，他总想弄明白电影是怎么做成的。看一会儿电影，他就扭头朝放映机看去，他不明白那束光和胶片之间有什么关系，为什么一束光就能带来一个故事。这些故事让他欢笑，让他流泪，让他对村外的世界充满了好奇。

有一天晚上，电影散了，小柿子没有回家，和几个小伙伴模仿着电影里的故事，玩打土匪的游戏。他拿着木头枪，走进树丛，搜查"土匪"。没走几步，就看到两个抱着接吻的人，男的是村里的欧亚，女的是葡萄，他的大姐。他悄悄退了出来。

就在小柿子回到路上时，他的父母拿着棍棒过来了。

父母看到了小柿子，问他看到大姐葡萄没有，看到欧亚没有。

小柿子摇摇头。小柿子从电影里知道，要是一男一女愿意在一块儿，一定是他们互相喜欢了。电影里，如果男的是坏人，他抱着女的，女的一定会打他，叫喊。大姐葡萄没有打欧亚，一定是喜欢欧亚的。他不愿意出卖他们。

又一天晚上，他去小河边捉萤火虫，听见一个女的在哭。他走过去一看，是大姐葡萄。葡萄不哭了，站起来，将一根绳子甩到了树杈上，踮起脚，把绳子打了一个扣子。

小柿子赶忙扑向葡萄。

小柿子说："大姐，你可以叫欧亚带你走啊，走得远远的。"

小柿子又说："电影里都是这样的，家里不同意男的和女的在一块儿，就可以去远方。"

葡萄把他紧紧地搂在胸前。葡萄说："小弟，你真聪明。"

……

多年以后，上高中的小柿子正为一笔学费发愁时，葡萄和欧亚带着孩子来了，葡萄给了小柿子一笔钱，对孩子说："你喜欢看电影，叫小舅带你去吧。"小柿子对孩子说："走，小舅带你去看电影。"

后来，小柿子进了电影学院，终于有机会了解电影制作的一些程序。

"电影是什么?"

几乎每一位老师都在首次开讲时进行这样的设问，然后从所授专业的角度给出大同小异的答案。

电影是什么呢?

窗帘拉上，书写板上方垂下了银幕，教室进入了黑暗。

电影是一束光。

小柿子在心里说。

等　鱼

等鱼一定要在雨天。雨天，水大了，上游的河水就漫到了沟渠里，就带来了鱼群。雨天，稻田里用不着水了，水就流得急了，鱼群就顺流而下了。在水位有落差的地方，插下三角形的网，在那等着，等着鱼自投罗网，这就叫"等鱼"。

一到下雨天，小鲈子就要去等鱼。他披着蒲叶编的蓑衣，戴着柴篾编的斗篷，背着柳条编的鱼篓，提着网，扛着小粪铲，兴冲冲地走进了雨中。大人劝他不要去，他不听。大人只好交代他，叫他不要去大水塘边等鱼。大水塘里的鱼会顶着水往上冲，然后又往大水塘游，在那里常常能等到大鱼，但是小孩子们在那里等鱼很不安全。小鲈子说，我不去大水塘边，我就去渠里。他光着脚，一路小跑着，好像鱼在喊着他。

到了灌溉渠边，小鲈子选了一个水位落差大的地方，估计刚好下网，就用小粪铲把渠两边修平，再把支网的地方踩实，就支网等鱼了。他站在网后，扶着网柄，双腿紧贴着渔网，感觉着网的动静。网一动，小鲈子的心就激动了。不过，不能慌，要把网向后倾斜着提起，让鱼来不及跑。细长的黪子鱼，扁圆的小鲳鱼，一抓一个准，最难抓的是泥鳅和昂刺，泥鳅太滑，要用手掌罩着，昂刺的嘴角两边长着尖刺，戳着了手，手马上红肿，得从它的肚子下往上捧。雨在下，鱼在跳，小鲈子的心里也闹哄哄的。等了一会儿小鱼，小鲈子就想着大鱼。可是等到大鱼是不容易的。大鱼是有判断能力的，大鱼游离了大河，是为了寻找更大的江河，就算不慎流入了灌溉的沟渠，它们在水位有落差的地方都要停下，仔细地观察着前方的动静，及时地调整路线。常常是这样，小鲈子看到前方的波纹起伏得厉害，曲曲弯弯地向着他来了，他大气不敢出，紧抓着网柄，可是波纹到了跟前，就缩小了，缩到了水边上，很快又变了方向，向后扩散了。小鲈子知道大鱼跑了。哪天要是等到一条大鱼就好了，小鲈子想。想着想着，他就会提起鱼篓看看，看到小鱼挤挤夹夹地跳，也就不急了。

等到了二三斤小鱼，够吃一顿了，小鲈子就回家了。想到大人肯定要在小鱼锅里贴一圈棒面饼，他越走越快。大人先是叫他不要去等鱼的，可是见了鱼就都高兴了。哥哥忙着刮鱼鳞，妹妹去剥葱，妈妈忙着和面，爸爸早早地坐到锅后准备烧火，小鲈子倒不知做什么好了。他蹲到哥哥身边，和他说跑了的大鱼是多么狡猾。

"肯定有这么大！"小鲈子比划着，手势大得像一个小猪。

哥哥笑了："要是有这么大的鱼，还会怕你呀，恐怕早把你撞倒了。"

"有！真有这么大！"小鲈子着急地说，"我看它把水都搅浑了！"

平原上的人家烧鱼都要放咸菜，这样更鲜，更香。鱼锅上贴的棒面饼，薄薄的，黄亮亮的，也是香得叫人流口水。城里的饭店里有一道菜，就叫"小鱼锅贴"呢。一家人围在一起，有滋有味地吃起来。爸爸还趁机倒了一碗散装酒，说这么好的菜，不喝酒可惜了。

妈妈说："小鲈子，你看你等鱼立的功，多用了面不说，还搭上了酒哟！"

小鲈子知道妈妈不是真怪他，只是"嘿嘿"地笑。

本来是很开心的一顿饭，可是让爸爸一句话说坏了。爸爸喝了半碗酒，开始数落哥哥："你也不小了，得为家里着想了，别成天捧着书看，我看还是学个手艺吧。"

爸妈让哥哥去学理发，他总是不愿意，天天捧着书看。小鲈子觉得哥哥爱看书没有什么不好的，哥哥跟他说过，一定要通过知识闯出一条自己的路。他觉得哥哥很了不起。可是，他们家哪有钱供哥哥在家自学呢？小鲈子也为哥哥着急。

哥哥说："我的事不要你问。"

爸爸说："那你以后别跟我要钱买书，我可没有那些瞎眼的钱供你去打水漂。"

哥哥丢下碗筷，离了桌子，走到外面去了。

妈妈抱怨："吃得好好的，你非要说他。"

爸爸说："我说他怎么了，你有钱供他花吗？"

妈妈就不做声了。

小鲈子走到外面，在屋后找到了哥哥。他叫哥哥回去吃饭，哥哥不作声，眼里含着泪水。小鲈子说："哥，我有一个办法，你和我去等鱼，我们把鱼卖了，钱都给你买书，好不好？"哥哥擦了一下眼睛，吸着鼻子，没说什么。

小鲈子又说："哥哥，我们去大水塘边等鱼，一定会等到大鱼。"

哥哥想了想说："对，我们去等鱼，去大水塘那里等鱼。"

小鲈子高兴起来，说："哥哥，那我们现在就走！"

哥哥说："好！"

兄弟俩披着蓑衣，戴着斗篷，背着鱼篓，提着网，扛着小粪铲，走进了雨中。这身打扮从后面看像是两个老人，可是他们的脚步是多么快呀，踩得泥水都飞了起来。

放　水

　　放水最好是白天。才下去一锹，渠里的水就挤进了田埂，挤进了稻田，顺着交叉的裂缝跑去。等到水口子开大了，放水的人把水口子修得方方正正的了，水反而不急了，四平八稳地流向秧田深处去了。这时候，放水的人也胸有成竹了，扶着铁锹柄，看着一大片秧田，一脸的知足。太阳烤着田野，烤着他赤裸的上身，烤得他冒油、冒汗，可是烤不干他的稻田了，他一点不在乎太阳的炽热。他顺着田埂走，把田埂上的杂草铲铲，把秧苗间的稗子拔拔，凡是妨碍秧苗生长的，他都容不得。

　　水在秧苗间流着，"咝哗咝哗"的响着，细细的，像小鱼在打闹。有时，也真会有小鱼小虾溜进来的，慌里慌张地乱冲乱撞。放水的人听着这声音，感觉凉快，充实。要是刮来一阵风，他一定会一边搓着胸脯的灰，一边往稻田的尽头看去，想着秋天时，稻田披金戴银的样子。

　　这全是水带来的好心情。

　　水，是流动的米。

　　可是，白天的水紧张。上游总是有人拦起坝子，或者堵住桥洞。

　　小永子家的田在下游，而且地势高，要放水，往往要选择在晚上。

　　晚饭过后，地势高的几家人就扛了铁锹，往上游的肖庄方向去了。肖庄那一段渠道，有两个桥洞，都是直径七八十厘米的水泥筒子，十有八回是塞着杂草的，他们掏了杂草，再往上走，看看有没有人打泥坝子。有时，他们会遇到肖庄的人，他们看着桥洞看着泥坝子，不准掏不准挖。前几年，为了这事，上游和下游的打过，上游的一个人被打断了腿，落了残疾，下游的一个人被抓进了大牢。后来，下游的人就不跟上游的人争了，有人守着，就等，不说等他们放好了水，起码也要趁他们不在时才下手。

那个致人残疾的人就是小永子他爸。他爸一蹲牢，小永子书就读不成了，在家帮他妈做些杂事。他爸回家后不久就出去打工了。

这样等啊等的，要等到上游的田吃饱喝足了，水才能到下游。这时候往往是下半夜了。水在渠里奔涌着，他们在岸上急走着。水比他们走得快，可是到了自家田头，水也不是一下子能放进去的，他们先挖好水口子，等水位涨高。这个过程是折磨人的，他们互相走动着，看别人家的水进去了没有。要是别人家的水进去了，就急着往自家田头跑。

终于，水位涨高了，田野里响起了快活的声音："我家田进水了，你家呢？"

"进了！也进了！"

于是，他们又聚到了一起，有人铺下塑料薄膜，大家坐到一起，烟头子就亮了起来。

小永子家的田进水了，他还要去帮二婶子家的田挖好水口子。二婶子的两个女儿小玉子和小彩子都在昆山打工，二叔也在外打工，二婶子一个妇道人家，忙了一天，哪里经得住深更半夜的熬？

夜里的水声听着比白天响，流进田里，也流进人的心里。他们说着村里的事，不时地拍一下蚊子，笑着。小永子很少说话，他们的话都很粗，以男男女女的事为多，小永子插不上嘴；笑的也少，他常装作没听见。

坐累了，小永子就拿了手电，沿着田埂，看看自己家的稻田进了多少水，然后再去看看二婶家的。在二婶家田头，他总是想到她家的小彩子。小彩子没打工的时候，经常和他来放水。两家的田地势都高，白天很难放上水。放不上，他们俩也要来看看。有一回，他去稻田尽头的芦苇丛里小便，小彩子以为他去摘野果，溜到他后面大叫一声，"小永子"，他吓得一抖，小彩子这才晓得他来做什么的，红着脸跑了。也没跑多远，就在田埂上等他。他却不好意思走近她，对小彩子说，你回去吧，我晚上和人家来放水，给你家也放上。小彩子说，那我们一起回家吧。小彩子大大方方地看着他，眼睛清亮亮的，像阳光照着的水一样。小彩子脸不红了，他却红着脸，跟在她后头。那天晚上，他放水一直放到天亮，回去告诉二婶，说给她家的水也放上了。二婶子说，难为你了，小彩子早和我说了，一早就跑你家两趟，看你回来没回来，这会正在锅屋里给你煎鸡蛋呢。他说，不吃不吃，我回家了。说完就跑了。哪知，二婶找上门来，说你去不去，小彩子在家掉眼泪呢。他只好去了二婶家，小彩子一见他就别过身子，眼睛像沾着露水……

天快亮了，稻田的水和渠里的水一平了，他们打起水口子，回家了，一个个身上都是湿漉漉的露水。

小永子先去二婶家，隔着窗户喊："二婶子，水放上了。"

屋里头回应："小永子啊，难为你了，我这就起来。"

"二婶子，不要起来哟，我还要回家睡觉呢。"

屋里灯亮了，小永子已经走了。

到了家，往床上一躺，睡不着了，心里有什么东西在响，听听，还是渠水流进稻田的声音。

秋天，稻子泛黄了。小永子家的稻子长得不错，二婶家的稻子长得也好。二婶子说，小永子，全亏你呀，摸着黑给我家稻田放水。

小永子笑了。

二婶子又说，我打电话跟小玉子小彩子都说了，稻子长得不错，全亏小永子放水呢。

小永子脸红了，过了一会问二婶子："小彩子回不回来收稻子？还有小玉子？"

二婶子说："不回来，不回来就算了，你二叔要回来的。"

小永子说："哦……"

小永子他爸回来收稻子了。父亲说，收了稻子，就带他出去，他在苏州打工时碰见了以前的狱友，那人修摩托车，他叫人家收小永子为徒。

小永子说："要是我也不在家了，明年谁去稻田放水哟？"

父亲说："随它去，种这二亩田有什么指望。"

小永子不做声了。

一旁的二婶子说："小永子，你爸说的对，还是学个手艺好哦。就是你这一走，不晓得哪个还会帮我放水哟……"

二婶子说完，眼圈就红了。

小永子默默地离开了父亲和二婶子，去了稻田里。

稻子更黄了，平原上所有的穗子都在他的泪水里垂了下去。

货　郎

换糖哩——换糖哩——

货郎来了。

他一来，村庄的帷幕就拉开了。孩子们向他跑来，大姑娘小媳妇向他走来。他更加热烈地渲染着气氛，疾速地敲着铜锣，拉长了声音：

换糖哩，换糖哩，废铜烂铁破棉胎塑料鞋底鹅毛鸭毛酒瓶油瓶——换——糖——哩——

他的声音像戏台上的念白一样有韵律，他也很快成了村庄道路上的主角。说是换糖，其实，不仅仅有糖，还有发卡、头绳、纽扣、针线、雪花膏、歪歪油、玻璃弹珠、炒米团……他们七嘴八舌地问他货物的价格，他耐心地回答着，眼睛却早把人家手里的东西看了个遍，估出了价钱。开始讨价还价了，好戏才真正开始，明明是有了赚头，可他总是带着无奈的笑，又摆手又摇头，装着十分吃亏的样子。对孩子，他倒干脆，有些赚头了，他就换了，对那些小媳妇，他可得动点儿心思：他要把她们的废品价格压得低低的，因为小媳妇们往往在交换成功后，眼疾手快地再"饶"他一两样小东西，他得把饶的东西也打在本钱内。小媳妇们饶了东西，笑着跑了，他就在后面叫着：哎哎哎，你看你看，我都亏死了……他夸张地向人家的背影招手，可怜虫一样地摇头，引起了一阵笑声。为了赚钱，他乐意扮作小丑。可是一阵买卖过后，你再看他的表情，完全不一样了。他擦了一把额头的细汗，挑起担子，用敲麦芽糖的小锤敲着铜锣，一脸舒心的笑，叫卖声比进村时更响了。

老石头就是这样的一个货郎。

他家在镇上，做的却是走村串户的生意，他的店铺挑在肩上。别的东西是批发来的，麦芽糖是他自家做的。他将麦子浸泡一天一夜后，再搁上几天，便长出白白的嫩芽，然后磨成麦芽汁，倒进铁锅煮沸，降温到四五十度后，拌进煮熟的玉米、糯米中进行发酵，发酵之后压榨出汁液，汁液经过冷却就成了麦芽糖。老石头说他家做麦芽糖已经几代了，他的麦芽糖味道是最好的。也正因为这样，孩子们和他换麦芽糖时，旁边的大人常常对他说：

老石头，你自家做的，本钱小，给孩子多敲一点儿嘛。

老石头笑笑，好哩。把刀片往里移了一点儿。

嘿，就这么一点宽，像纸一样薄，老石头，你太小气了。大人不满意，说话夸张。

你不知道啊，老石头赶紧诉苦，小本生意，不容易。说着，又在角上敲了一小块，只有蚕豆大，孩子，拿着，满意了吧？

大人不屑地笑起来：老石头，你也真舍得，这么丁点儿！

老石头也笑：下次，下次的，再找东西来，我多敲一点儿！

别看老石头小气，也有大方的时候，每当看到大人怀里抱着的孩子，老石头就会主动敲一块糖递上去，逗着孩子：哦，石头爹的糖，送小乖乖尝尝，甜吧？

抱着孩子的大人有些过意不去：你看你看，真不好意思，小本生意，还沾你光……

老石头扑扑孩子的脸：没事，石头爹不小气，石头爹喜欢小乖乖！

这下，所有人都笑了。

长年累月的挑担，让老石头的背驼了，驼得比他的扁担还弯。一阵买卖过后，老石头会拿出马扎坐着，等着下一拨生意。

孩子们常常捉弄老石头。他们趁老石头起身敲麦芽糖时，悄悄抽走了马扎，老石头一坐一个空，摔得四仰八叉。老石头起来后，大声骂着：哪个没教养的小东西，啊？孩子们不怕他，哈哈笑着。老石头便借机说，有什么好笑的，欺负我老头子，算什么本事，有本事回家找点东西来换糖换炒米团吃，我才佩服！孩子们不做声了，老石头自己笑起来：嘿嘿，你们找不着东西换糖了吧，找不着，我可要走了。

　　过了些日子，孩子们又玩抽掉他马扎的把戏，他还是一坐一个空，他还是骂，孩子们还是笑。他总是记不住，好像是故意逗孩子们开心的。

　　我也是这群孩子中的一个，也曾捉弄过老石头。

　　当我长大以后，才知道老石头挑货郎担是多么不容易，又是多么了不起：老石头有三男两女，两个儿子成了大学生，其他孩子也各有专长。

　　十多年前，老石头去世了，我们村庄再也没有别的货郎去过。挑货郎挑走了过去的岁月。

　　我常常想，对于一个家庭，老石头就是一双肩膀，一副扁担，可是对于我们平原上的村庄，一个货郎的到来和消失意味着什么呢？

银　匠

银匠是神秘的。

他衣着讲究，不一定名贵，但是得体、挺括、利索。他皮肤白净，手指细长，声音细软。这和他的手艺相当般配。打银子，是精致的活儿，粗手大脚，邋邋遢遢还叫银匠吗？

但是人们还是感到好奇，人们见过的其他串庄的手艺人和生意人，都是衣衫粗陋，大呼小叫，不知道这个与众不同的人打造出的东西会是什么样子。

银匠走在村路上，招揽着生意：打银子，打银子哩。大姑娘小媳妇们只是看着他，并不急着叫他停下，而是互相转告：银匠来了，打银子的来了。她们约了几个人，先是羞怯地看着他，你推我让地叫一个人先跟他说话。他发觉了，停下步子，放下担子，伸手划一下遮到眼睑的发梢，似乎也有些羞怯，轻声问：打银子吗？对了，他的头发也和村里的年轻人不同，一边长一边短，又光滑又柔顺，像招贴画上的郭富城。

他很快就赢得了人们的好感和信任，不一会儿工夫，他的担子边就围满了人，有人拿来了碎银子，有人拿来了旧银饰。

随着工作的开始，人们对他又多了一层神秘感。人们看着他拉开风箱，火苗蹿上来了，银子在容器里化成了水，注入了模具，接着，他拿出了砧子、钳子、锤子、锉子。他一声不吭地做着这些活，人们也不吭声，仿佛怕惊动了银子的魂魄。

他敲着，剪着，刻着，磨着，沉浸在手艺的世界，这更增添了他的神秘感。

一个银项圈出来了，一副手镯出来了，一枚银戒指出来了，它们发出月光的清辉，静静地躺在主人的手心。啊，主人轻声赞叹着，声音似乎是从眼睛里发出来的。人们看到他不仅将银饰錾上了花纹，还錾上了文字。他在项圈上錾上"前程似锦"，在手镯上錾上"天长地久"，这是他对主人的祝福，让主人平添了喜悦和感动。

银匠抬起头，微笑着看着主人，他的目光是自信的，但没有任何自傲，依然很沉稳，他的表情更让人敬佩他了，这说明人家手艺过硬，已经习以为常了。主人的目光与他对接时，才从恍惚中想起一件事，急忙付钱。银匠随意往银柜子下的抽屉里一放，又随意推上，然后，随意地拉起了风箱。

偶尔闲下来时，人们也跟他聊几句，问他哪里的，他不细说，只说是南方的；问他多大做手艺的，他说13岁就开始了。人们不问了，他也就不说了。好像除了做手艺，他对别的都不感兴趣。

可是，有一天，这个银匠竟然做出了一件叫人震惊的事：他把村里一个姑娘拐跑了。要说，这种事情，在我们平原上也是常有的，安徽卖菜刀的，河南耍把戏的，浙江卖布的，山东弹棉花的，在村里待了一段时间，和某个姑娘看对眼了，就带着私奔了。可这些人都有个共同特点：能说会道。而这个银匠呢，他嘴很拙，不说什么话，也没见他和那个姑娘单独交往，怎么就一下子带她走了呢？

人们觉得他更神秘了。

这个被他带走的姑娘，是蒲先生的女儿，叫小槿子。蒲先生是当地有名望的教师，对孩子很严厉，出了这样的事，他可受不了，在家里躺了几天。

人们去劝他，说银匠是个不错的小伙子，姑娘跟他不会有罪受，你想开些。

蒲先生想不开，愣了半天，丢下一句话：我只当她死了，她永远别想踏进家门半步。

人们走了，都知道这是气话。以前那些姑娘和外地人走了，哪家不是这样说，到头来，姑娘有了孩子了，一家几口回来了，还不是亲亲热热的？这叫"亲不亲，打断骨头连着筋"。

可蒲先生的脾气很犟，女儿小槿子走后一年，托人带话回来，说想回家看看，蒲先生直是摆手：我死了都不想见他们！

几年后，蒲先生要过60寿辰，亲朋好友都劝他：让小槿子一家回来吧。蒲先生还是摇头：不行，我是不会认他们的！

蒲先生60寿辰那天，小槿子和银匠带着女儿回来了。带了很多礼物，其中有一方寿匾，里面镶着一棵松树，是纯银打制的。村里人可算开了眼。

蒲先生还是不搭理，躲在房间不出来。

小槿子和银匠就跪到他面前。小槿子说：爸，你可以不认我，可我不能不认你，你过生日我是一定要回来的！银匠接着说：爸，对不起，以前是我的错，以后我会好好孝敬您老。人们见了这阵式，赶忙叫蒲先生拉孩子起来，蒲先生终于开口了：起来吧。

亲友们这才把银匠送的寿匾挂起来。蒲先生不看。

吃完饭，有人问银匠还打不打银子，银匠说打，然后拿出一个箱子，里面装着打银子的器具。很快，银匠又被人们围了起来。有人拿来一个旧银饰，叫银匠翻新。银匠翻新好了，这人问多少钱，银匠还没张口，旁边响起一个声音，原来是蒲先生：乡里乡亲的，收什么钱！算了！银匠赶忙说，算了算了。

银匠在村里待了三天，每天都忙着打银饰，分文不收，人们硬要给，银匠说，爸不让收钱。

蒲先生终于开心起来。

炊　烟

在平原上，村庄都是一排排的，炊烟升起时，也是一排排的。

绿树掩映的村庄上空就有了竖排的古体诗。

炊烟是村庄的发丝，是亲人的手势。

即便是一条狗，当黄昏来临，也知道抬起头，看着村庄上空的炊烟，略一愣神，向家的方向快步走去……

铁慧早就想家了，她的心被炊烟牵扯着。

她想爷爷。

铁慧的命，是爷爷捡回来的。她生下来的时候，不哭。接生婆提着她的腿，对着屁股猛拍了几下，还是不哭。喂她奶，吸了一口，就呛出来了。接生婆和她妈商量说，扔了吧。她妈就说，扔了吧，留着也是受活罪。

那天爷爷拾粪回来，听说接生婆抱了孩子去了坟地，立马就跟上去了。爷爷的手放在孩子鼻子下，还有气。爷爷就狠狠瞪了接生婆一眼，爷爷说，你要遭雷打呀！就把铁慧放到粪兜，背了回来。

铁慧的父母因意外事故去世后，铁慧就和爷爷相依为命了。

铁慧读到初中毕业，没考上高中，铁慧很伤心。爷爷说，考上学校的要吃饭，考不上的就不吃饭了？在家，帮爷爷干活，也照样过好日子。

村里的女孩打工回来，打扮得花枝招展的，带回的男朋友也一个比一个俊。铁慧也想出去。爷爷听了，说不放心。铁慧就有些赌气，躲到屋后的树林里流泪。

爷爷说，实在想出去，爷爷也不拦你，进城以后要勤快，要本分，不要拿人家一针一线。有人欺负你，告诉爷爷，爷爷谁都不怕，爷爷上过朝鲜战场打过美国人。铁慧说，爷爷你放心，铁慧不给你丢脸。

到了集镇口等车的时候，铁慧一句话也不说。爷爷说，不想去的话，就不去了，爷孙俩在家也好。铁慧哭了。车子来了，铁慧还是上车了。铁慧朝爷爷挥手，爷爷却背对着她。爷爷短短的白发像灶膛的灰烬。

铁慧去淮安学会了电脑，开了打字社，但是生意并不好，另外一家打字社一个叫小如的女孩约她去广州，说那里生意好，她们就结伴去了广州。

和小如到广州后，铁慧在一家私人打印社打字。铁慧一个月只能拿500块钱，工作量却很大，有时晚上加班到十一二点，没有节假日。半年以后，铁慧认识了赵龙云。赵龙云是大学生，从内地来广州找工作。他常让铁慧给他打求职资料。赵龙云投出去无数份求职资料。都石沉大海了。一天，赵龙云又来复印求职资料。他压低声音对铁慧说，靓妹，能不能欠一下账，我一分钱都没有了。铁慧看着他涨红的脸和额上的虚汗，心软了。她说，你拿走吧，我给你垫上。十几天后，赵龙云来了，约铁慧吃饭。赵龙云说我现在在一家房产公司任经理助理，每个月6000多哩。铁慧没有和他吃饭。爷爷说，在外头，不能贪小便宜。可是，赵龙云总是来找她，说他是真心喜欢她的。铁慧的心里泛起了涟漪。

可是，时间不长，赵龙云便不再理她了。赵龙云说，恋爱，要跟着感觉走，我已经对你没有感觉了。好聚好散吧，在我们这个阶层就没有天长地久的事。这个当初几块钱也拿不出的东西，开始以"阶层"来分人了。小如说，铁慧，不要便宜他，和他闹，就说怀孕了，要他赔钱。铁慧默默地摇摇头。

有一天，铁慧在小如给客人复印的一张纸上看到了一首长诗，叫《大堰河，我的保姆》，读着读着，突然哭了。她想起了爷爷。哭了一阵，她才想起，这个叫艾青的作家，在初中时好像学过他一首诗，叫《黎明的通知》。他已经好大岁数了呀，和爷爷差不多，怎么写的诗让自己伤感呢？她又一次捧着那诗歌读起来。

读完了，她找来纸笔，模仿着那诗写道：有一位老人，是我的爷爷。他的名字就是生他的村庄的名字，他是战士，老战士，是我的爷爷……

写完了，那张纸也湿了。

她当即就决定回家，回到她的大平原。

爷爷说过，一个人离开老家，就像炊烟被风吹散了。可是，不管是谁，哪怕是一个讨饭的，只要他家里还有一个亲人，他就不会被老家忘记。老家就是灶膛的灰烬，烟飘散了，烟味还留在家里。

晚上，铁慧非要和爷爷钻一个被窝。爷爷说，死丫头，你多大了，还和爷爷睡一起。铁慧说，谁叫你是爷爷的。铁慧把爷爷的脚抱在怀里，爷爷也去挠她的脚心，痒得铁慧咯咯笑。小时候，爷爷经常这么逗她的。爷爷问她，这下去不去广州了？铁慧说，不去了，要在淮安找一份工作。爷爷就说，是嘛，炊烟飘散了，灶膛的灰还在。说了这话，好长时间爷爷不做声。铁慧起身，爬到爷爷那头。爷爷的脸上爬满了泪水。铁慧紧紧地搂着爷爷。

铁慧陪了爷爷几天，铁慧对爷爷说她想去城里找一份工作，把爷爷接到自己身边。

爷爷说，现在不去，等你成家了，我去。铁慧说，你知道我什么时候成家？爷爷给提醒了，说，是呀，什么时候成家？爷爷请人给你提媒去。西庄你二婶会说媒，我这就去找她。铁慧说，爷爷，你真是老战士，行动快。爷爷笑着走了。爷爷一走，铁慧就忙着去煮鱼汤，鱼是爷爷前几天捉的。

铁慧刚烧了两把火，爷爷就回来了。

铁慧说，这么快？爷爷说，我没碰见你二婶，我回来喝鱼汤了。

其实，爷爷是没去。爷爷走到半路，停住了，他想，铁慧这么有能耐，又好看，她二婶也没见过什么世面，怕介绍不到什么好对象。铁慧要是为了他高兴，勉强同意了，不就委屈她了？人老了，可不能糊涂。叫她自己谈。

铁慧问爷爷，你怎么知道我做鱼汤了？

爷爷说，怎么不知道，我看见屋顶上冒烟了。

花　船

　　花船在虚拟的水上行走。船内的女子叫船娘，船外的男子叫艄公。船娘和艄公的舞步就是江河流水。

　　他和她在陆地上制造险滩暗礁，惊涛骇浪，也制造一帆风顺，风花雪月。

　　他是丑角，身着黄衫，腰系红绸，头戴凉帽，手持竹竿和芭蕉扇；竹竿要又细又长，凉帽和芭蕉扇要又破又烂，才显出戏剧的夸张、谐趣。在激越的锣鼓声中，他表演起锚、扯篷、支船，撑船、跑船……他在这些动作中展示着自己的绝活：倒立、飞脚、凤点头、鱼跃水……

　　她是旦角，身着彩装，花袄花裤花鞋子，花船吊在腰带上，随着艄工竹篙的指引和音乐的节奏而动，左右摇晃，跌宕起伏，时而逆流而上，时而顺流而下，有激流勇进，也有轻舟荡漾……

　　轻舟荡漾的时候，是他们展示说唱功夫的机会。他嬉戏、挑逗，或说或唱，她答非所问，故意刁难，故事在矛盾中向前发展，在音乐的伴奏中吊人胃口……终于，他认错了，她也戏耍够了，他们找到了共同话题，音乐变得悠扬了，欢快了，他们开始合唱了。他轻点着竹篙，她轻晃着花船……

　　在我们平原上，每个乡镇都有不少这样的花船艺人。

志铁是我们这儿比较有名的一个。他除了会唱几十个花船调，还自创了很多表演的绝活，比如蝎子爬、鬼推磨、腾云驾雾……

年轻时，他的花船戏在县里省里的农民文艺会演中都拿过奖，喜欢他的姑娘数不过来。平时，只要出了庄稼地，他就穿上练功服，拿着折扇，在文化站附近转悠，一副正式演员的样子。三天不演戏，他就急了，催着文化站长老孙赶紧组织。老孙一答应，他就不由自主地点头晃脑，好像花船就在身边，马上要入戏了。

突然之间，看花船的人少了。电视普及了，镇上还有了电子游戏室，有了溜冰场。加上文化站的经费有限，村里的钱也不好要，老孙就懒得组织了。

志铁很失落，天天喝闷酒，喝醉了，自己一个人唱着花船调。

女儿嫌他烦，说，爸，除了演花船戏，你就没得别的事做了？志铁说，你不懂……

一天，退了休的文化站长老孙来找他，说荷叶村的一位老人最近要过80寿辰，想看花船戏，家人委托他找人演出。志铁说好啊，就去找人了。可是人马很难组织，原来玩花船的一帮人都外出打工了，找来找去，只找到了美莲。美莲以前和他是最好的搭档，美莲的船娘演得最好。美莲答应了，可是伴奏的人到哪找呢？回去和老孙一说，老孙说就不要伴奏了，你好歹应付一下了事。

美莲的唱功还在，舞蹈稍微吃力了，好在志铁配合得好，观众没少给掌声。一场演出下来，主人给了200块工钱，又另给了一条烟，算是感谢。志铁把烟留下了，钱全塞给美莲，美莲却一分也不要。

志铁说，这怎么行呢，以后我还想和你演呢！

美莲说：这次我是抹不开你的面子，以后我再不演了，哪还有什么人看这个呀。

志铁说：看的人不少啊，你看今天的场面。

美莲说：这是老人想看，别的谁会请你演？就是演了也没意思，伴奏的也没有，没人爱玩这个了。

志铁叹气：唉，你也不玩，他也不玩，花船戏不就死了么……

转眼间过年了。前些年，花船戏要从初一演到十五，现在志铁只能闷在床上了。到了正月初二，志铁实在睡不住了。他重新扎了一个花船，披红挂绿，十分艳丽。然后，化了妆，自己顶着花船，拖了竹篙，去了乡里的文化站，将花船摆在门前空地上。逛街的人围了上来，志铁开始表演了。他轻点着竹篙，对着观众说：我家船娘回娘家了，这可苦了我这个艄工了哟，今天我只能一个人过险滩，闯风浪了……然后，开始船头船尾地表演起艄公的绝活。

志铁正表演得投入，女儿来了，打断了他：爸，你这不疯了吗，一个人演给谁看？

志铁还用戏剧的动作和念白，拿破芭蕉扇指着观众说：好女儿，你看真切了，这不都是看的人吗？

观众们都笑了。

女儿说：你快收拾起来回去吧，一个人在这演戏，也不嫌丢人。

志铁突然冷下脸说：你给我滚，我演戏不关你事！

女儿说：好吧，你演吧，不演戏好像就活不下去了。

说完，气呼呼走了。

志铁又恢复了戏剧的动作和念白，夸张地踮起脚，看着女儿的背影，又做了个鬼脸对着观众说：小孩子家不懂事，不知我艄公的辛苦，我要是不演花船戏，这日子还有什么过头？就算我活下来了，可是花船戏死了怎么办？所以我要演，你们说是不是？

是！有人回应道。

观众中有个女人擦了一下湿润的眼睛。

那我就继续演了——志铁做出撑船的动作：船娘不在家，我可得把这船撑好了——

志铁点起竹篙，舞动起来了。

突然间，观众中走出一个人，走向花船，掀开窗帘，跨了进去，顶起了花船。

是美莲！

志铁大叫一声：船娘回来了！

船娘回来喽！观众们叫好。

志铁做了个掀窗帘的动作，颤抖着叫道：娘子，我们开船啦——

好，开——船——

花船舞动起来了。

竹篙舞动起来了。

虚拟的水真实地响起来了……

家　禽

　　小鸡子是和平原上的春天一起出壳的。满院子阳光，新鲜的树叶映在地上，墙根下，水缸旁，井沿上，全都钻出了草芽子。老母鸡带着一群小鸡，前头"咯咯咯"，后面"唧唧唧"，这儿刨刨，那儿啄啄，就怕没人知道它生了孩子。明明只是啄到了一只小虫子，或者只是一个草种子，它也护着，"咯咯咯"的叫来所有的孩子争抢，非要弄出很大的动静。结果，到底是哪个抢去了好吃的，它自己也没看清。

　　那些小鸡子毛茸茸的，黄毛黄嘴，和早上的太阳一个颜色。看着它们利利索索地跑来跑去，彭奶奶心里暖和和的，不晓得是春天让小鸡子暖和了，还是小鸡子让春天暖和了。

　　每年春天，彭奶奶都要抱（苏北方言：孵）一窝小鸡子。为抱小鸡，她要留一只公鸡传种。这只公鸡一定要是上年鸡群里最大最壮最漂亮的，还要是最霸道的，踩得母鸡颠三倒四才好哩。选蛋当然也要选大个儿的，红壳子的最好。龙生龙，凤生凤，种子可含糊不得。母鸡抱窝是最苦的，一天才能出来吃一两回东西，吃了就赶快上窝了。谁要想靠近，母鸡脖子上的毛就奓开来了，张大喉咙，暴躁地吼着，朝你示威，就连彭奶奶也不认。等到第 21 天，小鸡子一个个出壳了，母鸡已经瘦成一团草了。可是人家一点不在乎，叫起来精神抖擞。小鸡子玩够了，它就带到蔷薇花底下，让小鸡子在它翅膀底下歇着，自己的两眼却滴溜溜转动着，防着猫狗。

"天下当娘的都是一个心。"彭奶奶对小晶子说。

"那我的爸妈呢，怎么不要我？"小晶子问。

"唉，他们恐怕也有他们的难处。"彭奶奶叹着气，"跟着奶奶不好吗？"

"好！"小晶子趴到奶奶的腿上。

小鸡子一天天长大了，分出了公母。这一群小鸡里有 9 只母的，5 只公的。公的普遍比母的大，也比母的调皮，没事就斗架，彭奶奶管也管不住，看着它们被啄得冒血的冠子说，都是一个娘老子生的，非要斗架，哪天能安稳哟。公鸡们不听，还是斗。老母鸡也不问它们了，它带大了孩子，又忙着生蛋了。

村里人对小晶子说，小晶子，叫你奶奶杀公鸡给你吃。彭奶奶一听到这话，就走开了，好像没听见。有一天，小晶子在人家家里吃了几块鸡肉，满嘴油津津，香喷喷的，回家就缠着奶奶，叫她明天也杀鸡，彭奶奶先说她不敢杀，小晶子说请邻居冯三叔来杀，彭奶奶又说公鸡还太小，杀不出多少肉。

小晶子就哭了："我要吃嘛，奶奶你杀小公鸡给我吃嘛。"

彭奶奶哄着她："小公鸡没得吃头，奶奶上集给你买猪肉吃好不好？"

小晶子跳着哭："我不吃猪肉，我就要吃鸡肉！"

彭奶奶一手把她搂到怀里，一手拍了她屁股一下："不听话，这什么丫头。"

"你就是不想给我吃，就是不想给我吃，我不叫你奶奶了……"小晶子挣脱了奶奶，抹着眼泪朝她喊。

这时，邻居冯三朝彭奶奶招手。彭奶奶走到他跟前，冯三小声说，婶子，你还是杀只鸡给孩子吃吧，要是你自己的亲孙子也就罢了，越不是亲孙子越要舍得给吃，不然人家会说你不是的。

彭奶奶愣着，眼泪都快下来了。

后来，彭奶奶去集上买了一只公鸡回来，请冯三给杀了。冯三一面拧着鸡头，一面说："婶子，你也真会撩人发笑，家里有鸡子，还去买了杀，嘿嘿!"彭奶奶别过身子,说:"我自己养的鸡哪舍得杀啊……我舍不得……"

小晶子痛痛快快吃了一顿鸡肉,吃得打嗝。奶奶笑着说:"看你,一点不像丫头家样子。"小晶子就转到奶奶后面,搂住了奶奶的肩膀。

奶奶说:"丫头,以后别老要吃鸡肉啊,奶奶可没那么多钱买,要吃就吃鸡蛋,好不好?"

小晶子问:"为什么鸡蛋能吃,鸡肉就不能吃呢?"

奶奶想了想,说:"鸡蛋不晓得疼呀。"

小晶子"格格格格"笑了。

夏天过去了,彭奶奶养的母鸡都下蛋了,公鸡都高高大大的了。可是,公鸡留不住了。彭奶奶想给小晶子一身新衣服,一个新书包,没有公鸡帮忙不行。彭奶奶要送小晶子上学了。

一大早,彭奶奶打开鸡圈,捉住了那只老母鸡。

小晶子说:"奶奶,你不是要卖公鸡吗?"

奶奶没答她,把老母鸡提到屋里才说:"卖的那几只公鸡,都是它生的,它看见要伤心的。"

小晶子点点头,说:"把它用篓子罩起来吧。"

奶奶说:"不,罩起来它要急的,就扣桌腿上吧,给它一半碗米,紧它吃。"

彭奶奶捉了4只公鸡,留下了那只最大最漂亮最壮实的,彭奶奶对它说:"就你命好……"

小晶子跟着奶奶去了集上,走得鼻尖冒汗,脸蛋上红扑扑的,越想到上学的事走得越快。

到了家禽市场,奶奶揭开鸡篓上的蓝布时,4只公鸡都动了一下,伸长了脖子,有两只还拍着翅膀往外跳。可是它们的脚被绑着,跳不出来,就一齐看着小晶子。小晶子蹲下去,抚摸着它们光滑的羽毛。

一个鸡贩子过来了,看看奶奶,又朝鸡篓子努了一下嘴。突然间,小晶子伸出双手,拦在了鸡篓子上:

"奶奶,不要卖,我不要你卖它们!"

狗　语

谁能进入一只狗的内心？

谁能懂得它内心的语言？

一只狗进了主人家，对主人来说，家里多了一个畜生，对狗来说，这个家却成了它的全部，一切都是它的挚爱。陌生人进村了，群狗齐吠，它们向所有人提醒，分辨来者的行为。陌生人继续前行，走到了自家的门前，它紧紧跟随，大叫不止。它不知道这是主人的亲友，它遭到了主人的责骂，甚至挨了一脚，它没有委屈，不耍脾气，当又一个陌生人来到，它依旧履行自己的职责，丝毫不考虑可能因再次的误会而受罚。它知道，主人唯有以对它的粗暴才能表达对亲友的歉意。喧哗地叫嚷，是对陌生人的语言，沉默，是对主人的语言。它知道主人是需要它的，需要它以防万一的警示，需要它忍辱负重的沉默。它用心和人对话。

还有比狗的心更真诚的吗？

所以，陌生人，请不要责怪狗的吠叫，请想一想，假如你从远方回来，面对自己的村庄，听不到一声狗叫，看不到一只狗的身影，会不会觉得凄凉？甚至怀疑你的村庄出了什么不祥的事情？

再想想，如果你不是陌生人，是狗的主人，当你离家一段时间重返村庄，有一只狗远远地迎着你跑去，竖起前腿，伸着舌头，等着你拍拍它的脑袋，叫它一声，你是不是倍感温暖，充满回家的踏实？

狗是家园的守望者啊。

狗是乡愁的意象，最具象征性的意象。

然而，无论你是陌生人还是狗的主人，对它的好恶，都是从自身的角度出发，以自己的感受评定一只狗的好坏。

说白了，你所在乎的是人与狗之间的关系，你所理解的是狗对人的那份感情。

你不会知道狗有更丰富的内心。

有那么一天，假如主人生了病，躺在床上，他就会体会狗的内心多么丰富。我们会看到它不时地到床边走一走，卧上一会儿。如果病人走出屋子，坐在门前的树下，狗便会紧贴着主人站着，或是趴在主人的脚边。主人这才知道，狗什么都懂，它懂得他的病，懂得他的痛，懂得他的寂寞。他的内心一阵温暖一阵伤感，他抚摸着狗的身子，轻轻地叹息。他似乎明白了，这畜生的心是和人相通的，它对人充满了感情。

他以为他了解狗了，甚至觉得自己听懂了狗内心的话语。

他因此生了一些歉意，多了一些爱怜。

其实，他了解得远远不够。

狗的品性不是忠诚、体贴就能概括的。

它还有尊严，有它更加深沉的爱。

谁能知道呢？

在这里，我要说说我喜爱的两只狗。

它们是我老家的邻居护生家养的。两只狗都是黑的，差不多大小，我叫那个略高些的"大雁"，略矮些的"小雁"。每次从城里回去，不到门前，两只狗就迎着我跑来了，拖着的铁链格零零地响。"小雁"还有个习惯，一见我就衔个树叶上来，竖起前腿，让我接住树叶，好像给我献礼。我将零食分给它们一些，大雁和小雁尝到甜头，更喜爱跟我玩了，不管我去钓鱼还是去散步，它们都形影不离。

到了田野，狗就闲不住了，追蝴蝶，扑蚂蚱，玩疯了。有时，它们两个玩摔跤，你滚过来我滚过去，却不叫一声。它们的快乐感染了我，让我生出许多感慨。我在城市奔波了一二十年，为什么还常往家里跑？如果老家是那么好，我就不会离开。我喜欢老家，其实是和自然有关，一草一木，五谷六畜，都充满了生命的色彩和活力。

看着它们在地上滚来滚去，轻轻抓挠，我突然发现：它们，狗与狗之间的感情不逊于人类间的兄弟情谊。

夜晚到来，狗的实用性更加重要了。护生用铁链将他们拴在鸡窝旁，说一是防人偷鸡，二是防止它们自己被人偷去。夜里，小雁最爱叫，有一点动静它就叫个不停。

有一次，我回去时，到了家门口，就见大雁站在护生家门前看着我，没像以前那样迎上来，也不见小雁。我走到它身边，叫它大雁，它才用头蹭我的腿。它显得十分苍老，身上的毛掉了不少，也不像以前那么干净了。我拿出火腿肠，大雁吃了，也不像往日蹦跳着讨要。

它走到鸡窝旁，站住了，呆呆地看着我。鸡窝旁摊着玉米皮。我自语着"小雁去哪了"，四处看着。这时，大雁开始扒着玉米皮。

玉米皮扒开了，我看到了一根铁链。大雁嗅嗅铁链，看着我。我难过起来，我知道，此时，它用心在和我说话，它告诉我小雁发生了不测。

一位大嫂路过门前，我问她：知不知道护生家那只狗去哪了？

大嫂说道：那只狗啊，让护生卖了。

卖了？卖了做什么？

这谁知道，他想卖就卖呗，哪个管得着。

大嫂笑着走了。

我呆呆地站着。

大雁又来蹭我的腿。我蹲下去，抱住了它。

我看到它眼里的苍凉。

我听着它内心的话语。

毛 驴

毛驴的蹄声是平原上的音乐。

几百年前，苏北这地方，历经战乱，人烟稀少，一位叫朱元璋的皇帝把江南吴越地区的人赶到江北，让他们开荒种地。他们就用毛驴拉着老老少少，一路哭哭啼啼来了。初来苏北，他们买不起牛，也养不起牛，牛的食量比驴子大得多，他们就用驴子耕地、拉车、拉磨。驴子力气不如牛，他们就用两头或三头四头驴子并在一起。吴越地区的人不习惯用马，出门时也骑驴子，他们说骑马时间长了会形成罗圈腿，驴子的腰身细，就没有这个担忧了。穷人家的女儿出嫁，雇不起轿子，也是骑着毛驴跟着夫君上路呢。他们给毛驴的脑门上戴上红花，尾巴上扣上红布，再往背上披一块绸缎，像打扮新娘一样打扮驴子。

毛驴还曾经为苏北人驮来圣经。民国初年，外国传教师从城里到乡下也是骑着毛驴。那个时候苏北人穷得建不起一座教堂，传教师就在村里任意找一棵树，扣好毛驴，开始布道。传教师对那些衣衫破烂、一身灰土的村民说，没有教堂不要紧，一颗博爱的心灵就是一座教堂。

……

絮妹没有出去打工时，常常牵着毛驴去河坡上吃草。毛驴吃草的时候，絮妹就割草。絮妹要把这些草背回家晒干，一部分留着毛驴冬天和早春时做口粮，一部分卖给人家。毛驴一口一口吃着草，絮妹一刀一刀割着草，草汁在毛驴的牙齿上和絮妹的镰刀上滴着，清香弥漫，让毛驴不时地打一个响鼻。毛驴吃饱了，就在河坡上随便逛逛，逛着逛着，毛驴就兴奋起来，走到河堤上，撒开蹄子来回飞奔，惊起一团团的蝴蝶，绕着毛驴飞舞。如果絮妹的草已割满一筐，毛驴还没吃饱，絮妹也会等毛驴。絮妹不去河堤上跑，她还站在河坡上，握着镰刀，轻声地唱歌。絮妹最喜欢唱的是那首《快乐老家》：

> 跟我走吧，天亮就出发
> 梦已经醒来，心不会害怕
> 有一个地方
> 那是快乐老家
> ……

后来，絮妹外出打工了。她的父亲杨老洼一收到汇款单，总是马上骑了自行车去取钱，取回钱就大摇大摆上了牌桌。

两三年后的一天，絮妹回到了老家。絮妹比以前更瘦了，只是变得白了。絮妹的头发也变了，以前是马尾辫，现在是披肩长发。絮妹一回来，就到驴棚跟前看毛驴了。絮妹轻轻拍着毛驴的脑袋说，小毛驴，我回来啦！毛驴还认得她，兴奋地蹦跳起来。

村里人听说絮妹回来了，就有人来问她外面的情况。絮妹说，她在一家台湾人开的工厂里干活，几百个人生活在一起，每天要工作十多个小时，一个月才能休一天假。

这么累啊，你受得了吗？有人问她。

絮妹说，我们8小时外都算是加班的，基本工资很少，收入主要靠拿加班费，不累就拿不了多少钱。

那你以后还去吗？人家又问她。

絮妹说，不去了，在那儿打工没有前途，有一个工人受不了累，急得跳楼了。

絮妹这次回来，是和家人商量婚事的。她谈了一个外省小伙子，她要和他去外省做生意。絮妹的父亲杨老洼不同意，打了她一巴掌，说以后你别想离开一步。

絮妹说，我自己的事自己做主，我迟早要走的。

杨老洼气得出了门，拿毛驴出气。杨老洼举起棍子就打在毛驴身上，一下比一下用力，边打边骂，你这个畜生你这个畜生，你要气死我。突然间，杨老洼的棍子停下来。絮妹和杨老洼夺着棍子。杨老洼把絮妹推倒在地，又来抽打毛驴。絮妹爬起来，扑在了毛驴身上，说要打你就打我吧。絮妹说这话时，哭了起来。杨老洼把她拉过去，絮妹又冲过来，抱住了毛驴的脖子。杨老洼又在毛驴身上抽了一下，才扔了棍子，说，你比驴子还犟，我倒要看看你犟到什么时候！

夜里，絮妹拎着一个银灰色的皮包，轻手轻脚地走到了门前的路上，一转眼就不见了。

她没有想到，家里的毛驴也要跟着她逃走。

毛驴看絮妹走了，一甩头，以往扣得很牢的绳子竟然被毛驴拉断了。毛驴悄悄走出棚子，去追絮妹了。

絮妹听到了毛驴的蹄声，站住了，问毛驴，你来做什么？

毛驴用头蹭着絮妹的胳膊。絮妹推着毛驴，说，你回去，你跟着我有什么用，我要到外省去，要和一个男的去做小生意，你跟着我做什么。我不是故意要丢下你，我也想在老家待着，可我待不下去……

絮妹说着，流下了泪水。

毛驴也流下了泪水。毛驴往絮妹的衣服上蹭着泪水，絮妹往毛驴的脸上蹭着泪水。

过了一会儿，絮妹解下毛驴脖子上那截断绳，把绳子挽成一圈，放进了皮包，又拍着皮包说，小毛驴，我会想你的，看到这截绳子，我就会想你，回去吧，听话。

絮妹说完，就走了。留下毛驴呆呆地站在月光里。

絮妹越走越远。

突然间，身后传来一声长长的驴叫声。

……

牧羊寓言

　　开学了，黄土打算把女儿黄又绿送到学校去。

　　黄土也是实在没有办法了才决定送女儿上学的。黄土的女儿又吃蚯蚓又吃泥块，说的话都是傻话。人人叫她傻女。没人在家时，她就把鞋子扔到水缸里，说鞋子是她的小船；她还把死麻雀、草屑、鸡毛往家拿，埋在床底下，说要等着死麻雀活过来，等着鸡毛变公鸡，等着草屑里的种子发芽……九岁了，什么家务活也做不了。大人叫她把落在门前的槐花扫了，她不扫，说，花是风的鞋子。这还不算，有一年冬天，她在两个草垛间烤豆子吃，把草垛烧了起来，风把火苗刮到了房子上，幸亏发现得早，才没闯大祸。大人骂她，她说风很冷，我想让风躲到草垛间烤烤火。

　　有一天，黄土忽然发现女儿竟然认识很多字。那是过年时，黄土去请村里的一位老教师写对联，女儿也跟着去了，老教师刚一写完，女儿就念了出来：冬去山明水秀，春来鸟语花香。黄土和老教师都吃了一惊，问女儿是谁教她的，女儿说人家写好对联，都会念一遍，她听了就记住了。还说村里家家户户的对联她都认识。黄土不信，就带她去已经贴好对联的人家，一连去了几家，女儿把对联上的字都读了出来。黄土说，怪事怪事。黄土盯着女儿，看了一阵，忽然问她，一加一得几。女儿摇摇头，说，不知道。黄土苦笑起来，叹息道，原来你是瞎子背书，只会死记。

黄土的两个儿子听说妹妹也认识字，就教她认字。黄土的女儿很认真地跟两个哥哥学，也是一学就会。可是，家里没人了，她照样把死麻雀、草屑、鸡毛往家拿，埋在床底下，照样把鞋子往水缸里扔。

这么一个傻女儿，黄土拿她没办法。黄土想到女儿认字时的认真样子，一拍脑门：要是送到学校也许会好些。

黄土的女儿黄又绿上了三年级了。作文课上，校长说，黄又绿同学的作文没有什么错别字，标点符号也都规范，就是有一些莫明其妙的句子，像说傻话。

黄又绿站了起来，说：校长，您不是教我们说，写作文要写心里话吗？我那不是傻话，是我的心里话。

校长说：你这不是傻话是什么呢？同学们，我念几句给大家听听——我看见雨点从天上跳下来，在地上摔了一跤……

校长说：同学们，雨点应该是从天上落下来，而不是跳下来，难道雨点有脚吗？

没有！同学们齐声回答。

校长又念了一句：很大的天空下一群蚂蚁手拉着手，急急匆匆地向石墙上爬去。

蚂蚁排着队。有一个同学在下面说。

对了！校长说，我们知道黄又绿同学说的也是这个意思，可是蚂蚁哪来的手呢，说排着队，不是更好吗？同学们！

是！同学们又齐声回答。

校长将黄又绿的作文本在讲台上拍了拍说：黄又绿同学，写作文一定不要异想天开，记住了吗？

校长找到黄土，说，黄土，你还是让你女儿回家吧，帮着做做家务也好，她老是说些莫明其妙的话，实在没法教了。

黄土一跺脚说，唉，让她回家，回家放羊。

黄土买了一群羊，让女儿放羊去了。

第一天放羊回来，黄又绿就坐到油灯下写作文了。黄土凑过去看了一眼，女儿写的是这样的话：我放牧着羊群，羊群也放牧着我。黄土觉得这两句话不能算傻话，哼了一声说，不错，你的头脑跟羊也差不多了。

一次，黄土发现女儿捧着一本崭新的厚厚的书，问她哪来的钱，女儿不说。黄土感到奇怪。晚上，黄土发现羊少了一只。黄土就问她，怎么少了一只羊呢？女儿说那只羊变成了一本书。好啊，你敢偷老子的羊！黄土跳了起来，拖过女儿就是一阵狠打。女儿不哭也不叫，任黄土发着怒火。黄土打累了，抱着头，蹲在了地上。黄土自己哭了。黄土边哭边说，一只羊换了一本破书啊，我怎么有这样一个傻子呀。

这一天，黄土的女儿放羊回来，没有赶着羊。

黄土问：羊呢？

女儿说：我合上书时，羊就不见了。

黄土慌了，大叫起来：你没去找？

女儿说：我没找，我想它们可能回到云彩里去了。

黄土就急了，自己去找。

黄土去了河滩，没见着羊，去了树林，没有见着羊，去问了别的养羊户，也没有说看见他家的羊。

黄土对女人说：你生的这傻丫头今年16岁了，该嫁人了，早早把她送出去，还能换点彩礼，抵几只羊。你快去找媒人。

黄土的女人说：就是不知能抵几只羊，谁愿意要呢？

黄土说：总归有人要，能抵几只羊就抵几只羊。

黄又绿说：我还不想嫁人，我要写书。

黄土说：不嫁不行，你拿什么赔我的羊？19只羊啊！

黄又绿说：我去给你找。

黄土说：你到天上去找。

黄又绿说：好，我去天上找。

女儿说完，就走了。

一天黄昏，黄土弯着腰，背着手，在夕阳里走来走去。风吹着他的破棉袄。黄土不时抬起头，对着天空叫着他的羊。突然，黄土听见一阵"咩咩"的叫声。他直起腰，擦擦眼，就见一群羊向他走来。羊群后面，跟着一个美丽的女子。她手中握着光洁闪亮的牧羊鞭，轻轻地甩动着。

羊群越来越近了。夕阳照在羊群身上，让黄土感觉四周的温度在渐渐升高。

黄土让到旁边，数着那些羊。一，二，三……当最后一只羊从他身边走过时，他数到了"19"。

黄土的眼泪就下来了。

那美丽的女子停下脚步，叫他：爸！

黄土想也没想就答应了，颤抖着应道：哎。

美丽的女子也流着泪水，头埋在他的肩上。

黄土哽咽着说：我的傻女，你回来了，看到这些羊我就知道你又回来了，你是我的傻女黄又绿。

黄土把女儿的泪水擦了，说，我的傻女，我们回家，赶着羊回家。

黄土的家里，屋里屋外都是人。屋外的人围着那群羊，19 只羊静静地卧着。屋里的人，围着黄土和他的女儿。

黄土捧着一本厚厚的书，抚摸着硬实的封面。女儿指着封面上的字对黄土说：爸，这是我写的书，《牧羊寓言》，作者黄又绿，看到了么？

黄土点着头：嗯嗯嗯。

女儿说：我写了书，人家出版了，给了钱，我就给您买了羊。

黄土把脸贴在书上说：我知道了，这些羊都是你写出来的。

花与诗

那个地方叫石湖。

不过，没有湖，只有古淮河从东侧向北而流。

房舍高低错落，土路七拐八弯，鸡犬相闻，牛羊散落，都是常见的乡村景象，说不出有什么特别，是平原上的一个普通小镇。

非要找出什么特别的地方，就是古淮河边上有一大片桃树了，特别之处在于面积大，当地政府对外宣称"千亩桃园"。

说千亩，可能有水分，但看上去的确够大的，尤其是桃花开时，千朵万朵，眼花缭乱，气势不凡，颇为壮观。

那一年三月，我们市作协与石湖镇联办了一个笔会，就是冲着桃园美景去的。

春光大好，吃饱喝足，既可亲近乡土，又可借物咏怀，还可以玩点儿暧昧，增加些新闻，营造一下和谐局面，谁不高兴呢。市内的、各县区的大大小小人物装了满满一车，另有领导专车和个别自驾者，一路欢歌地奔向了石湖。

镇长也是个诗人，特别热心于此项活动，在桃园里辟了一块地，搭了舞台。上午开完会后，下午就是歌咏会：作家们自娱自乐，以唱歌、朗诵为主。与会者都夸这个策划好，别出心裁，诗情画意。

虽说是自娱自乐的，镇长把场面搞得挺正式的。舞台上挂着欢迎采风的横幅，舞台前放了两排椅子，按职务大小贴上了座次。权力到哪里都要显示，权力只讲规则，不玩诗意。其他与会者在领导后面或蹲或站，还有些家伙蹲到了树桠上，倒是玩了一把童真。

我看了一下场面，发现当地群众不多，比与会作家人数还少，最多三四十人，而且以老人和小孩为主，中青年妇女不到十人。我知道这里面的原因：青壮年都外出打工去了。

我没报名表演节目，就在台下看着，好看的就多看一会儿，不好看的就随意走动走动。

当我走到舞台前方西北角时，看到一个小媳妇拉着一个五六岁的小男孩朝舞台看去。因为眼前总有人走动，她不时地左右侧着身子。小男孩想挣脱她的手，被她一用力又拉住了。小男孩说："妈妈，我看不见。"她说："妈妈抱你。"说着，就去抱孩子。孩子往后一退说："我不要你抱，你抱不动我。"她笑笑："那你自己玩，别瞎跑啊。"孩子笑着跑开了。

她身材娇小，瓜子脸上一双漂亮的凤眼。不过，脸色有些憔悴。别人都穿着夹克，她还穿着羽绒衣，和这桃花朵朵开的春色极不协调。

她看得很投入。有一个诗人朗诵得比较动情，她的眼里就溢出了泪水。

这时候，一个老妇走到她身边，半是抱怨半是心疼地说："三蝶，你在这儿干什么，你这身体能出来吗，走，跟我回去，小毵（方言：小孩子）呢？"这个叫三蝶的少妇指着人群里的孩子说："在那呢，妈，你回去，我看一会儿再走。"老妇说："你怎不听话呢？快带小毵回去，别受了凉。"少妇有些着急，眉头拧了一下，不耐烦地说："你别管我呢，我自己知道，一点风没有，哪会受凉。"

老妇很无奈地叹着气。

我挪了个地方，又站下了。这时候，老妇走到我身边，嘀咕了一句："唉，好话也不听。"

我朝老妇看了一下，老妇似有好多苦恼急于说出，朝小媳妇的方向望了一眼对我说："那是我媳妇，她的病不轻呢。"

我说："哦？

老妇说："生的是那种病，治不好了。"

我很吃惊。"那种病"是我们这里人对"癌症"的讳称。

老妇又说："这孩子命苦，十几岁就出去打工了，得这病时才25岁，就在去年，人家都说是在皮革厂做工受了污染。"

我一阵难过，问老妇："治了多长时间？"

老妇说："去了几回医院，就没钱了，男人现在还在外头苦（挣钱）呢，她在家吃点中药，拖着。唉，也不晓得能拖多长时间，要是能拖下去就好了……有病了，脾气不好，不听话……"老妇说完，擦了一下眼睛。我不忍心看，低下头去。

这时候，一个小女孩手里拿着一把野花上了台，献给了正唱歌的一位作家，作家显然很感动，接过花后给小女孩鞠了一躬，观众们也很意外，想不到小女孩会有这么个机灵劲儿。台下响起一片掌声。

这下可热闹了，台下的小孩纷纷给表演者献花，都是用狗尾草扎成的花束，荠菜花、油菜花、太阳花、紫云英……红黄白紫，好看极了。

一位女诗人朗诵完了，那个小媳妇的儿子跑了上去，也献上了一束野花。主持人煽情地说："这是最朴素的花，也是最有原生态气息的花，最美的花，鲜花送诗人，说明我们石湖镇是个有情有义的地方，说明我们石湖镇的孩子天生具有诗的品性，让我们为孩子、为诗人、为了这春天的聚会鼓掌！"主持人一讲话，小男孩倒紧张了，又抹鼻涕又挠耳朵，不知怎么办好，突然拔腿就跑，跑到台边时跌了一跤，马上爬起来，又跑走了。台下笑成一片，再次鼓掌。

我看到小男孩跑到了她母亲身边。他大口喘着气，鼻尖冒着汗，小脸蛋涨得通红。他一到母亲身边，就紧紧依偎着母亲。他的母亲抚摸着他的头发，朝他笑着。她的脸色好像不再那么憔悴了，呈现出淡淡的红晕。

歌咏会结束了，离晚宴还有一段时间，我和几个文友就往桃园深处走去，边走边聊。走了一段路，我看见了那个小媳妇和她的儿子。小男孩又采了一把野花，递给他的母亲。

小男孩说："妈妈，你也会写诗，刚才人家说有花送诗人，我要送你花。"

小媳妇纠正儿子说："是鲜花送诗人，不是有花送诗人，懂不懂？"

小男孩说："嗯，懂了，是鲜花。"

小媳妇接过花说："好看！宝贝，妈妈以后不写诗了，你送不送妈妈花？"

小男孩说："你写嘛，写那么长那么长——"小男孩伸开胳膊比划着。

小媳妇笑了："好的，妈妈写，以后，妈妈就在这桃园里写了，天天在这儿，年年在这儿，想妈妈时，就给妈妈送花，好不好？"

小男孩说："好！"

小媳妇又笑了，想要亲儿子时，看见了我们，有些羞，拉起儿子的手说："宝贝，走，回家去。"

小男孩挣脱母亲的手，在前面蹦蹦跳跳，母亲加快了步子。

很快，他们就走远了，隐入花海中了。

歌与哭

我们镇境内有一条含沙河，上通洪泽湖，下达通洋河，曲曲折折入了黄海。相比平原上众多的沟渠河塘，它是史诗，别的只能算小令或者民谣。

我家在北岸，离含沙河一里多远，南岸是园艺场。

两岸都种植蚕桑，从春至秋一片葱绿。北岸的河堤就是大道，道旁杨树高耸，仿佛翩翩少年，南岸的河堤则以苍老的刺槐为主，间杂各种灌木，犹如暮年穷汉，阴森，死寂，人迹罕至。

少年时候，我却在那里遇到一个奇人。

每次往返于村镇，我总见到南岸有一个人，30岁左右，蓬头垢面，双腿盘起，坐在看青人废弃的小棚内。棚子的西侧是一条死水沟，沟边坟茔密布，东侧是一片洋芋头（洋姜），因为洋芋头是多年生植物，秋天挖过后无人平土，所以地里坑坑洼洼。他在洋芋头地边上挖了一个洞，放上一口小锅，用来烧饭。

很多人都说那人是个痴子，我也以为是的。后来的一天，又听很多人说，一个姑娘投河，被他救了起来，我就想他未必是痴子。

我是个好奇心很重的人，决定走近他看个究竟。

我选择了一个阳光大好的中午去了那里，这样林中就不那么阴森可怖了。走到他的棚子边时，我听到他在背古文："北冥有鱼，其名曰鲲，鲲之大，不知其几千里也；化而为鸟，其名为鹏，鹏之背，不知其几千里也，怒而飞，其翼若垂天之云……"他的声音很小，但是底气足，节奏感强。我知道这是庄子的《逍遥游》，在课本里学过，我也背得上，他背的一点没错。我一下子判断他不可能是一个痴子。于是我进一步走到他的床边。他发现了我，一点也不吃惊，对我点头笑笑，叫我"小兄弟"。

我说："你真的救过一个人？"

他说："嗯，那女的投了河，被我捞起来，劝了几句，走了。"

我点点头。

他拍拍床沿说："小兄弟，不嫌脏，就坐坐。"

他这么说，我更确定他不是痴子了，毫无顾虑地跟他坐到了一起。

他告诉我，他家离含沙河三十多里，在一个叫芝麻的村庄里。他考了两年大学都没考上，就在家养牛，但是几头牛全死了，他欠了上万元债务。他又去学兽医，心想有了技术再搞养殖就保险了，但是原来非常喜欢他的女朋友反对他做这行，嫌这行脏，名声也不好听，跟他分手了。原来带他为徒的兽医突发疾病死了，他又没事可干。他还说，他喜欢写作，带着两部长篇小说去全国各地流浪了三年，结识了不少文友，拜访了不少名人，但是一事无成，等他回到家后，母亲已经死了，死时连棺材都买不起。

当时年少，我没有经历过沧桑，但是仍能体会他巨大的精神压力。多年以后，我想起他那时说的那一段经历，总会想起《活着》中的福贵，倒霉的事全让他摊上了。虽然他们不是同一时代的人，他的结局也比福贵幸运得多。

他说了他的经历后，又提起救人的事。他说，我对那个姑娘说：我也想过死，恐怕比你想的次数多，但是我想，死了有什么用，我们这种人死了连条狗都不如，别人照样吃吃喝喝说说笑笑，谁为你悲伤，今天我救了你也是救了我，自找死路是最没出息的。

他说完，问我："你说是不是？"

我并未完全理解他的话，含糊地点着头。

自此，我们成了朋友。我从家里偷了萝卜干和鸡蛋给他，骗他说是我家里人叫我给他的。他说，你们一家人有漂母一样的心肠。继而又背起了《道德经》：上善若水。水善利万物，而不争；处众人之所恶，故几于道……还是不大的声音，很强的节奏，仿佛唱出来的。

我也向他说起我的烦恼，我说家里让我去学厨师，我不想学，他们就天天叨唠我。他说，不管你想做什么，按你想的去做，但是准备吃苦吧，活着要掉几层皮的。

说完，看着缓缓流动的含沙河水，目光中有坚定的忧伤，忧伤的坚定。

但是，我们这样的好朋友，有一天却闹了不愉快。

那是一个傍晚，天色阴沉，比较闷热。我刚在他那儿坐了一会儿，他就催我回去。我说再聊聊吧，他说你还是早点走吧，雨说下就下了。我开玩笑说，雨下大了，我就在你这住了，看有没有女鬼。

正说着，雷声就响起来了。他催我快走。雨点马上也落下来了。我说，走不成了，我就在你这住了。谁知他突然发起火来：你现在就走！我一时发呆，但仍是说：不走了，要走也等雨停了再走。他竟然暴跳如雷，自己站到雨中，对我大喊：再不走，我揍死你扔河里去！

看来他是动真格的。我在心里骂着他，快速奔向了林中，雨哗哗地下起来。

我生气了几天，才决定去他那看看，我还想责问他凭什么那样对我。

但是，小棚子里已经没有人了，空无一物。

18 年后，也就是去年，他设法与我联系上了，我们迫不及待地见了面。他年过五十，却比小他 12 岁的我还显年轻。他在南宁扎了根，是一家专做海外工程的公司老总。我们紧紧拥抱，他泪流满面。

他说：这是我与你分别后的第一次流泪。

然后，他又对我说：那时候，我住在含沙河边，每到下雨时，就会在雨中大哭，想要把所有的泪水都哭出来。在雨中大哭，没有人看见没有人听见，我不想让别人听到我哭，见到我哭。那天傍晚，你走后，是我哭得最厉害的一次……

　　我告诉他，我这些年反而做了他当初想做的事，一直靠文字混饭吃。我把曾经写过的一首诗背给他听，他听了，重重地将手放在我的肩上。

　　那首小诗是这样的：

　　　　当你一人独处时
　　　　不妨痛哭
　　　　虽然没有人理解你的泪水
　　　　但你在泪水里看见了自己
　　　　知道了：活下去
　　　　就是把泪水擦掉
　　　　……

　少年梦·青春梦·中国梦——中国故事
　　　〔王　往〕捉鱼小孩

光与影

这是古淮河生态园里的一条路，紧挨着南岸河堤。

路不宽，一米多一点儿。但是很长，夹在河堤和梨园边上，从东到西，有二十多里。

三年前，当地政府为了打造绿色城市，开辟了这条路。清理了河堤上的杂物，又刨了一些梨树，种植了黑心菊、郁金香、黄金叶、桂花等花木，这条路就显得格外美了，颇有娇生惯养的样子。

尽管古淮河的水质无法整治，还是污浊的，拖着城市和乡村的垃圾，但是阻止不了岸上万物生长。

这条路一有时，她就喜欢上了。她家就在南岸。天天放学都要来散散步。吃了晚饭，还要来走一走。

她生活的地盘实际很小。早上 6 点就得到校，负责早读课，中午在食堂吃饭，晚上七点才放学。家里只有母亲和孩子。

她也很孤独。六年前，父亲去世了，不到 65 岁。三年前，先生去世了，才 42 岁。这两个男人在她的感情里占着十分重要的位置。小时候，父母两地分居，是父亲把她从幼儿带到了初中毕业。父亲很疼她，从来都把她打扮得漂漂亮亮的。父亲在报社做编辑，是用脑子的人，手并不巧，对家务事之类的事其实不在行。可是为了她，父亲学会了烧菜，学会了缝被子。有一次，为了给她房间换电棒，笨手笨脚的父亲从椅子上摔了下来，腿跌了骨折了。父亲退休后，毅然为她操劳，接送孩子上学，买米买菜。别看这些事情小，离了父亲不知两口子要花多少精力。最重要的是父亲和她说得来，她教的是文科，父亲对这一块比她还在行，没少给她提建议、出点子，所以她教的班级都很出色，她早早地就成了特级教师。父亲的离世，让她觉得心中缺了很大一块。

她没想到，先生也英年早逝了。先生和自己父亲挺像的，也是用脑子的人，手不算巧，但是也会疼人，向来把她的事情放在第一位。先生还很浪漫，年年情人节都送她玫瑰。出差回来，必然给她带一些特色礼物。若是她出差回来，只要时间允许，他就会去车站接她，其实从家到车站也就两站路远。孩子都七八岁了，私下里还叫她"小宝贝"。

两位最亲的人先后几年离去，对她的打击可想而知。她快乐不起来，只有拼命工作，忘掉伤心。闲下来时，她形单影只。因此，就常常到这条小路上来。

去年，有人给她介绍了一个男朋友，叫陈非，很不错，帅气，精干。可她提不起兴趣。陈非也是个好脾气，没事就来电话聊两句，她虽不冷落，却也不热情，说就当一般朋友处吧。陈非说，她能把他当朋友就很感动了，好朋友就要多交流，所以不要烦他给你电话。其实，她听得出来陈非是不想放弃的，还在努力。但是她难以动心。

这一天晚上，她心情比往日好多了。期中考试结果下来了，她教的科目在全校都是第一。

晚饭后，她又去了小路上。

梨花刚打花骨朵，露着一点儿白，交错的枝头上星星点点。月光很亮，布满梨园。

梨树枝伸过她的头顶，她踏着小路上的树影，真像在画中走的一样。

河堤上的迎春已经开了，长长的枝条上缀着黄艳艳的花朵，有几分对月卖弄的意思。垂柳比冬日里绿了许多，枯黄的叶子掉了，如新披了绿纱。河对岸的路灯映在水里，好像灯笼，让人猜想水下是不是住着前朝的人家。

　　风不大，有着春天的暖意，让她的身心完全舒展了。往日，她越是想理清生活的头绪，越感觉有黑暗的东西往心中聚拢。而现在，她有说不出的愉悦。她真的体会到了什么叫"春风沉醉"。

　　她在微风中甩了一下头发，觉得身子变轻了，好似可以向月飞奔了。此时，一切都寂静如水。她再次想起了父亲和先生。但是很奇怪，她的心中不再疼痛了。她仿佛看见他们在梨园间走动，在河堤上散步。

　　她突然明白她为什么不再悲伤了：以往她和别人一样，将"死"当做消失，将"死者"当做另一个世界的角色，一去不返，永不可见，而现在她发现他们仍然活着。

　　她顿时醒悟：生命只是一个过程，这个过程有短有长，长长短短，各有原因，为死者痛心是人之常情，却不必为他们的不在而沉沦于悲叹。死与生，其实处于同一个天地间，犹如灰烬与树木，以不同的方式亲近着泥土。

　　难道那些草木间没有他们吗？难道那些流水里没有他们吗？难道月光里树影里没有他们吗？以往，她认为他们活在自己心中，其实是将他们放在自己的悲伤中，却没有将他们安放在天地之中，放在万物之中。

　　都说草木有情，都说天地有大悲悯，可有几人能够深刻领悟？不是每一个人都能发现事物之美，更不是每一个人都能将这种美融入心灵和智慧。她为自己的醒悟而充满喜悦。

　　她想起史铁生的《我与地坛》中的一段话：

　　　　那一天，我也将沉静着走下山去，扶着我的拐杖。
　　　　有一天，在某一处山洼里，势必会跑上来一个欢蹦的孩子，抱着他的玩具。
　　　　当然，那不是我。
　　　　但是，那不是我吗？宇宙以其不息的欲望将一个歌舞炼为永恒。这欲望有怎样一个人间的姓名，大可忽略不计。

是的，放在天地之中，放在万物之中，生命就永远是生命，生和死不过是命名的不同。他们都是来来往往的"孩子"，天地的孩子，抱着玩具的孩子。

　　如果有爱，能够爱，陈非和父亲和先生有什么不同呢？他们和她都走在一样的光与影中。

　　这样想着的时候，她感觉月更亮了，更近了，自己也更沉醉了，更柔软了，快与月光融为一体了。

　　她不禁有与人分享的冲动，甜丝丝地笑着，摸出了手机……

油菜花

春天倒下了一座金山,它是大片大片的油菜花。

没有比油菜花更壮观的花了。单株的油菜花没有什么稀奇的,只要连成一片,它们就主宰了春天的舞台,什么柳絮,什么槐花,统统成了配角,更不用说那些荠菜花,萝卜花了,它们只能跑跑龙套。看油菜花,还是平原上最好。山区的油菜花错落有致,当然是一种美,但是平原上的油菜花更能显示出磅礴的气势,那简直就是黄金铺成的广场。

是的,油菜花的美应当用壮观来形容。平时的乡村虽然处处是花花草草,但是总体上来说是散杂的,谦卑的,然而到了四五月份,春风就得意了,就不再低调了,它要让油菜花给它来个夺人眼目的大广告,它要让油菜花放纵一回,表演一回。油菜花不会让春风失望,它让乡村享受了一次皇家才有的金碧辉煌,它让向来谨小慎微的乡村人神魂颠倒了一回,它给足了春风的脸面。

油菜花让春天的平原饱含芬芳,激情满怀。

我们这里要讲的故事和油菜花有关。

那年,她来到了乡村。是春天,油菜花绽放的月份。

她出城不久,就被大片的油菜花震慑了。它们太美了,美得肆无忌惮,它们太香了,香得叫人晕眩。一大片一大片啊,空气中荡漾着香气的炸药，要把她炸飞，要把她和春风混合在一起。

她突然间开心起来，幸福起来，她觉得选择来乡下亲戚家走走是对的。

每天，她都会去田间走走，感受乡村给她的惊喜，感受油菜花给她的生命活力。

每到傍晚，她都会看到一个少年，从西边的镇子方向飞快地骑着自行车经过油菜地，在快到地头时，少年停下车，也走进油菜地，走上田埂。他若有所思，表情忧愁。

后来的一个傍晚，她从田埂上起身，突然发现少年离她只有几步远。她吓了一跳，他也一惊。他想转身，她叫住了他。

她笑着问他是干什么的，他说他在镇上的水泥预制板厂干活。

她又问他："你也喜欢油菜花？"

他笑起来："油菜花谁不喜欢啊。"

她发现他笑起来很好看，有乡下少年特有的羞涩。

她又问他："你为什么喜欢？"

他愣了一下，躲过她的目光说："我写过好多油菜花的诗。"

她很是惊喜："哦，你会写诗，可不可以带给我看看？"

他叹了一口气，低下头。他叹气的样子简直像个老人，和他的年纪无法对应。过了一会儿，他说："你不相信我会写诗吧？我真的会写。"

她赶忙说："我相信的，相信。"

第二天傍晚，少年给他带来一张报纸，指着上面一首诗，说那是他写的。她看了，愣了一下，说："写得不错呢，这是你的笔名吧，以后就用你的真名投稿吧。"他红着脸点点头。她又说："你还有没发表的吧，我也想看看。"他又点点头。

就这样他们成了朋友。他带那些没有发表的诗作给她看，她帮他修改。他们坐在田埂上，夕阳铺在油菜花上，灿烂无比，光辉无比。

有一天，他激动地向她奔来，告诉她自己发表了一首诗。她也激动起来。她高声地念着他的诗。她夸他：你会成为雅姆那样的诗人！他问雅姆是谁，她说雅姆是法国一个以乡村田园诗闻名的诗人，她答应他下次来时给他带来雅姆的诗集。他感激而又信心十足地看着她，他说："我还要写，还要写！"她说："你会越写越好！"然后，她掐了几朵油菜花，往少年的头上揉去，边揉边说："雅姆的头发是黄的，我也给你染成黄的！"他哈哈笑着，躲让着。

突然间，他蹲下身去，摇着头。

她问他怎么了。

他说："姐，我上次是骗你的，上次发表的不是我的诗。"

她笑起来，其实她当时就看出来了，那首诗是她的哥哥写的，哥哥没投稿前就给她看过。可是她看着他身上斑斑点点的泥浆和他蓬乱的头发，不忍心批评他。她说："你现在不是发表了吗?"

他说："全村人都嘲笑我写诗，我写了三年了，都没发表过。"

她说："不要怕嘲笑，只要坚持，姐会帮你。"

她说着，将手放在他的头上。

他抬起头。他们的目光碰在一起。他的眼里闪着小小的火苗，像油菜花在晃动。

他说："姐，我想亲你一下。"

她的心一阵慌，脸刷地红了。这是她始料未及的。他17岁，只是个孩子，而她已为人妇；他朝气蓬勃，而她已被不和谐的婚姻累得近乎崩溃，不知下一步去向何处。

她站起来，看着四周，看着油菜地尽头的行人说："我们走吧。"

他却抱着她的腿说："姐，我想亲你。"

她的心咚咚跳着。她知道他因为写诗经受折磨，经不住一点爱抚的引诱，她想满足他的愿望。可是她更知道，她若如他所愿，故事可能会朝着令人难堪的地步发展。

于是，她迫使自己冷静下来。她挣脱了他，径自走开。

他起身，朝着与她相反的方向快速走了。

她看着他被油菜花染黄的头发，看着他忧伤的身影，突然间觉得自己残忍，她想叫他站住，却张不开口。

　　油菜花落了，油菜结籽了，她回城了。她给他带来了《雅姆抒情诗选》，但是他去外地打工了。

　　其后的几年间，她不断看到他的诗作发表、获奖。她的欣喜与疼痛同时涌现：那个少年要比别人多承受多少负荷啊。

　　那天，她接到了他的电话，说他将来她的城市里的一所大学讲学，说要见见当年的老师。她恍惚了，天啦，这一晃多少年啦？她想到他三十几岁，而自己都快四十岁了，镜子都不敢照了。她心慌意乱，手足无措。

　　她无法决定自己去不去见他。

　　她推开窗子。不是春天，但是她看到了一大片油菜花，看到了黄金铺就的广场。她在心里说：你来了，我的少年，我的雅姆，我的油菜花染黄的金发少年……

采 桑

采桑的日子是在画里行走的。走过绿杨夹道的村庄,走过蜂蝶翻飞的油菜地,前面就是一片桑园。上千亩的桑树,望不到边。心形的桑叶,比手掌还大,每一片都饱含阳光。走进桑园,采桑的人就陷进了重重叠叠的绿色。这是人工培植的桑树,只供养蚕,叫"蚕桑"。古诗《陌上桑》中的采桑女子"青丝为笼系,桂枝为笼钩",说的是在普通的野生桑树上采桑。蚕桑的主干只有椅子腿高,粗大壮实,顶端的边缘抽出多根枝条,枝条细长柔韧,一拉就弯,不用"笼钩"去钩。一把把桑叶从枝条上撸到了草篓里,枝条弹了出去,采桑人的心也往家里飞。

他们的手掌被桑叶的浆汁染绿了,发丝被汗水粘在了脸上。想到家里的蚕,什么也不顾了,背上桑叶就往回赶。

丝绸之路在孩子的课本里,也在脚下。

养蚕是辛苦的。蚕从卵中出壳后 40 分钟即有食欲,除了四次的休眠、蜕皮的四天时间,蚕都要一刻不停地吃桑叶,一直吃到近一个月成为"熟蚕",吐丝结茧为止。随着蚕越长越大,到三眠以后,夜间都要起来喂桑。蚕吃好了,养蚕人才能吃得好。

所以,养蚕的人家要互相帮忙,谁家有事情忙得人手不够采桑了,叫一声庄邻,请几个人是难免的。

小萝子家养的蚕少，不忙，只要自家的蚕有叶子吃，她就去帮着小妙子家采桑。她不要小妙子请，她觉得村里的小姐妹当中数小妙子最聪明，和小妙子一起干活，很有意思。小妙子只读了初中，却能帮别人写情书。村里的小姐妹看上谁了，就会请小妙子写一封信，然后再请另一个小姐妹带给那个意中人。有两个小姐妹已经结婚了，当初都是小妙子帮她们写的情书。有时候，小萝子会问小妙子，最近有没有人请你写情书，小妙子说有。小萝子问，谁呀？写给谁的？小妙子说，这不能告诉你，人家叫我保密的。小萝子说，对，这事情是要保密，要是人家对方看了没回应多丢脸呀。小妙子肚里有那么多秘密，让小萝子羡慕死了。

　　有一天，小萝子又和小妙子去采桑，她忍不住好奇，问小妙子，有没有人请她写情书，小妙子还是说有，不过人家叫她保密。

　　小妙子还说："要是你看上谁了，我也给你写一封信。"

　　小萝子摇摇说："我可不敢喜欢谁，就是喜欢，人家也不会喜欢我，到时候人家不给回应，就惨了。"

　　小妙子说："这有什么呢，有回应很好，没有回应你还是你，你这么好看，还怕没人喜欢？"

　　小萝子还是摇头，把一只手伸给小妙子看："你又不是不知道我的情况。"

　　小萝子的一只手少了一根手指，是小时候被脱粒机打掉的。

　　小妙子说："这算什么呀！看你怕的！告诉我，究竟有没有相中的人，我给你写信。"

　　小萝子说："那你要为我保密！"

　　小妙子说："保密！"

　　小萝子咬着唇，愣了半天，才红着脸说："我看小加子不错。"

　　小妙子说："小加子是不错，你真会挑，好，我给你写信！"

　　几天后，小妙子问小萝子："小加子收了信怎么说？"

　　小萝子说："我没给他。"

　　小妙子"啊"的叫起来："你怎么不给他？"

小萝子说："我不敢。"

过了一些天，蚕上山了。那"山"有用麦草绞成的，有用树枝簇成的。它们的身体变得透明了，褐色的头上下左右摆动着，吐出了湿漉漉的银丝，将自己编织进了一座宫殿。

这时候的养蚕人总算松了一口气，再过四五天，蚕茧上的水汽干了，就可以采摘了。养蚕人互相串门，打听着这一季节的茧价。小姐妹们已经进城去物色衣服，等蚕茧一卖，中意的衣服就穿到身上了。

小萝子家的蚕茧卖了，小妙子家的蚕茧卖了，两个人清闲了，更有时间在一起玩了。那天，俩人正说着话，小妙子突然指着屋檐上的一个娥子说："小萝子，你看，蛾子！"

小萝子看到了一只蚕蛾，羽状的红褐色触角，短短的灰白色的翅膀上带着黑色的圆斑。它扇动着翅膀，飞起又落下，落下又飞起。

小妙子又指着它旁边的空蚕茧说："它要是不飞出来，就会闷死在里面的。"

小萝子说："飞出来了还真好看。"

小妙子又问她："你猜它为什么飞出来?"

小萝子摇摇头："飞出来干什么?"

小妙子搂过她的肩，贴着她的耳朵说："找另一只蛾子的。"

小萝子推开小妙子，伸手打她，小妙子笑着跑了。

小萝子回家了。路上，她想起了那封信，偷偷笑了。

乘　凉

乘凉是一天中最轻松的事。晚饭没吃，农家就开始为乘凉做准备了。先打扫门前的场地，在门前洒了星星点点的水，防止打扫时扬起尘土。晚饭吃着吃着，月亮就上来了。一地的亮汪汪，地上的树影交错出纵横的图案，好看得叫人想躺下去。吃罢晚饭，大家忙着洗澡。性急的孩子看到有人摇着芭蕉扇晃到自家门口，争着从澡盆里爬出来，带着一身水就要跑去玩，惹得大人又是哄又是骂。

别说孩子了，就连大人也有着急的。急什么呢？原来早有人聚到邻居家的门前，在那说笑，催着拉二胡的拉上一曲，叫会唱戏的来上一段。二胡是拉响了，可是那会唱戏的总要推让一翻，一半出于礼貌，一半出于羞怯。终于，经不住大家劝说，有人先开了腔。这下，那洗澡的大人也急了，好歹抹两把，就跑出去了，拖鞋啪托啪托响着。人多了，唱戏的倒不紧张了，渐渐入了角色，声情并茂了。拉二胡的，微闭着眼，时而俯胸，时而抬头，好像不是他拉着二胡，而是二胡在拉他身体的琴弦。

唱戏间歇的当儿，人们就由刚唱的一出戏聊起了历史，谁是忠良谁是奸臣，免不了评说一下。戏可不是光让你听的，戏文里藏着礼义廉耻呢。接着说到了村里的人，谁本分，谁滑头，谁有本事，谁没得大用，是非曲直都得争出个公道。正说着呢，突然有人对着腿上猛拍一下，痛叫一声：

"哎呀，死蚊子！"大家都笑了，刚刚说过的是非马上撂旁边去了。或者，忽然来了一阵风，人们就站起来，说："好风，凉快凉快！"穿上衣的人捏着衣襟抖动着，没穿上衣的也要伸伸胳膊，好像要把风搂到怀里。

在这风里，在这月光下，人们要多惬意有多惬意。

乘凉就是把一天的劳累交给风和月光。

孩子们不爱听戏，他们追着萤火虫，把它捉到瓶子里，或者把它的尾巴掐下，涂在脑门上，到处跑着，想吓唬人，他们自己也成了飞舞的萤火虫了。

姑娘小伙子们也不爱听戏，他们喜欢到村里的大路上走走，说些年轻人自己感兴趣的话题。比如怎么挣钱啊，衣着打扮啊，电视剧啊，流行歌曲啊。说着说着，就有人轻声哼起歌来，别人也跟着哼。可是你要谁单独唱，他或她还没有那些唱戏的拿得开脸面呢，没一个人愿意单独唱。平原上的人性格是内敛的。

有时候，这群年轻人会突然沉默起来。他们看着月亮，看着村庄，看着田野的深处，静静地，像在想着同一个问题。风轻轻吹着，蛙声此起彼伏，有一种淡淡的忧伤悄然间将他们包围了。可是，谁也不会说出自己的心情，谁也不会问对方为什么忧伤。这时候，就有人提出回家睡觉了，大家也就说回家吧。刚走两步，他们又会说起开心的话，打打闹闹着分头回家。

这天晚上，这群年轻人刚要回家，看到不远处有一个人影，他们停下了，那人也停下了，他们好奇地去看个究竟，原来是小蒙子。小蒙子提着灰色的简陋的行礼，头发刚刚盖住头皮。他们知道小蒙子终于出狱了。三年前，小蒙子去卖棉花，不小心把烟头子扔到了收购站的库房里，烧了四五吨棉花，被判了三年刑。小蒙子看了他们一眼，就低下头，什么也不说。其实，天一黑时，小蒙子就在镇上下了车，他怕丢人，走到村外的桑园时，就钻了进去，想在夜深人静时回家。他们互相看看，也不知说什么，但是脸上都带着欣喜。

这时候，小路子去拉小蒙子的包带，说："小蒙子，包给我提着吧。"

女孩子小卫子说："小蒙子，你吃了没有？"

小蒙子含糊地说："吃了……中饭……不饿。"

小卫子说："晚饭还没吃啊，走，到我家，我做饭给你吃。"

小蒙子说："我回家去，到家再说。"

小蒙子的堂妹小橙子说："那就去他家吧，我们都去，给他做饭。"

小蒙子到家了，那些唱戏听戏的也都来他家看了。人们看到小蒙子他妈不停地擦着泪水，一遍遍看着儿子的脸。

年轻人忙着做饭。不一会儿，一碗鸡蛋青菜面就端到了小蒙子面前。小蒙子吃了一口，就抽泣起来。

小卫子说："别哭，小蒙子，回来就好啦。"

"小卫子说的对，"泉根大爷说，"回来就好啦，孩子，快吃吧，吃了到外头乘凉。"

小蒙子"嗯嗯"地点头。

夜终于深了，乘凉的人都回家去了，小蒙子坐在门前，看着月亮，感觉它从来没有这么大这么亮。蛙声还在响着，一阵阵汇聚到他的耳朵里……

朗读者

施老板走了六天了。

施老板走的时候，只留下50块钱和一袋大米说，钱不多了，你们省着花，米尽管吃，我在家最多两天，事情办完就回来。回来时，我还要带一些钱来，两个月没发工资了，我也不好意思。

到第三天时，50块钱已经花了个精光。我们把施老板房间的锁撬了，枕头下，床底下，破衣裳里，甚至倒扣在地的安全帽里都翻了一遍，一分钱也没搜到。倒是来自涟水的女工向晓月惊喜得叫起来，你们看，书！向晓月拿着一本封面沾着泥的《故事会》，嘴角的酒窝里像开了一朵小红花。向晓月拿着书，欢欢喜喜回她的宿舍去了。

施老板走后这几天，雨水也没断，有时雷电交加，有时滴滴拉拉从晚上下到天亮。我们除了打扑克就是睡觉，扑克打烂了，腰睡得酸了，心头罩着挥不去的雨雾。

这天夜里，我刚睡着一会，就被尿憋醒了。走到宿舍后檐，尿完了，才算清醒。抬起头，就见后檐还有人。一个是洪开，还有老山和常收正趴在灯光透出的窗子上。我往前走了一步，洪开向我招招手，又摆摆手说，向晓月在看书，过会儿要洗澡了……

我的脸瞬间火辣辣的疼。我对洪开说，我走了。洪开拉着我，看看嘛，洗澡……

这时候，向晓月的声音突然响起，不是惊叫，是读书的声音，很响亮：我辞别了我出生的屋子，离开了天蓝的俄罗斯，白桦林像三颗星临照水池，温暖着老母亲的愁思，月亮像一只金色的蛙扁扁地趴在安静的水面，恰似那流云般的苹果花，老父的胡须已花白一片……

我听出来了，这是叶赛宁的诗。我差点流下泪，我想她一直这样读下去。

突然，向晓月大叫起来，老山，你们说我读得好不好？

老山和一个叫常收的小伙子一下子散开了。

向晓月还在里面叫，老山，常收，我看见你们了，你们进来呀！

我们慌忙回宿舍，刚到门前拐角处，迎面碰上了向晓月，她哈哈笑着，你们是想听我读书吧，怎么不去我宿舍，我从我的小镜子里看到你们了哩！走，都到我宿舍，我读给你们听！

我们只好跟她去了宿舍。向晓月指着靠外的床角斜立在角铁上的小圆镜说，我坐床上看书，看着看着，突然就看见你们了，我故意读出声来吓你们呢。

我们的表情可想而知，一个个站也不是坐也不是。向晓月说，你们喜欢听我读，我就读给你们听，把刚才那首诗读完。

我们说，喜欢，晓月，你读吧。

向晓月就捧起了书：我的归来呀，遥遥无期。风雪将久久地歌唱不止，唯有老枫树单脚独立，守护着天蓝色的俄罗斯。凡是爱吻落叶之雨的人，见到那棵树肯定喜欢，就因为那棵老枫树啊——它的容颜像我的容颜。

我的眼睛模糊了，泪水在眼眶里打转。洪开、老山和常收也都一脸的忧伤。向晓月看着我们，泪水慢慢下来了，我从小就爱看书，这两个多月把我闷死了，我来的时候带的三本书，一本《外国抒情诗选》，一本《散文》，一本《读者》，还有在施老板屋里捡的那本《故事会》都看过好几遍了……也不知施老板什么时候来，要是有了钱，我就买新书，挑好看的读给你们听。她擦着泪水问我们，你们说好不好？我们直是点头，好，好！

下午两点多时，天空突然明亮起来。虽然太阳还没有出来，但是那些云块已经开始慢慢移动了，云层变薄了，变白了，让人相信它不久就要四下散开，给阳光让出路来。向晓月提议说，我们不如去山上吧，我读书给大家听。

我们全都兴奋起来，跟着她，一步一步往上走。她一直带着我们登上山顶。山路上的黏土已经不沾脚了，如果再有两个晴天，拖拉机就可以上山了。

山顶上的风更大，吹起了向晓月的一头长发。她四下看看，然后目光从我们每个人脸上掠过，笑着说，我给大家读一篇文章好不好？

好啊！青铜说，晓月，大声地读！

大声地读！我们说着，在她面前坐了下去。

向晓月打开了那本崭新的《读者》，翻过了几页，又腾出一只手，拉了一下被风吹动的衣角说，我开始读了：

《我有一个梦想》，作者马丁·路德·金。

100 年前，一位伟大的美国人签署了解放黑奴宣言，今天我们就是在他的雕像前集会。这一庄严宣言犹如灯塔的光芒，给千百万在那摧残生命的不义之火中受煎熬的黑奴带来了希望。它之到来犹如欢乐的黎明，结束了束缚黑人的漫漫长夜。

　　…………

我梦想有一天，这个国家会站立起来，真正实现其信条的真谛：我们认为这些真理是不言而喻的，人人生而平等。

　　…………

向晓月读完了，轻轻合上杂志，双手捧着，笑着看着我们，风把她的头发吹得贴在脸庞上，真是美极了。

向晓月说，我们也说说我们的梦想好吗？

一片寂静。只有风在吹。

常收说，我的梦想就是赚了钱回家乡造一座大桥，我妈就是赶集时蹚水淹死在河里的……

老山说，我的梦想简单，我就想娶个老婆，有吵有闹也有好的时候……

我的梦想是赚钱帮我妈把哮喘病治好，胖子洪开不用问自己就急着说了，我还有一个想法，等我娶了媳妇，年年杀猪给她吃！

向晓月问我，安笛，你的梦想呢？

我说，我想自学考个大专文凭，将来找个好工作。

向晓月点着头。

我问她，晓月，说说你的梦想吧。

向晓月说，我的梦想就是当一个作家，把我和你们的故事都写出来，你们相信我能做到吗？

能！我们高声回答她。

山顶的风更大了……

舞　者

　　栖霞街南边的山坡上有一排石墙瓦顶的老房子，原来的住户都搬走了，现在住着的都是外来讨生活的，以收破烂的和拾破烂的为主。

　　哑巴一家住在老丁家的两间老房子里。哑巴一家三口：母亲和两个女儿。两个女儿也是哑巴。人们叫母亲"老哑巴"，叫那个十八九岁的大女儿"大哑巴"，叫十五六岁的小女儿为"小哑巴"。人们不知道她们姓什么叫什么，也不知道她们从哪里来的。

　　哑巴一家都是拾破烂的。别人拾了破烂直接挑到收购站去，她们拾了破烂先挑回家，倒在一起，分类整好，再挑到老鲁的收购站。

　　哑巴一家是安静的。她们不出去的时候就坐在门前的银杏树下，互相看着，脸上带着笑，偶尔"啊啊"地交流。

　　有一天，人们发现哑巴一家多了一台旧电视。

　　大家都说，哑巴看电视有什么意思，又听不见。可是哑巴一家爱看，她们拾破烂回来不再坐银杏树下了，都守在电视机前。有人去她们家串门子，她们很高兴，又端板凳又倒水，还拿出瓜子花生让你吃。老哑巴指着电视"啊啊啊"，满脸是笑。她们听不见声音，可是一点看不出有哪里不懂，看到搞笑的地方她们也笑，看到伤心的地方一样流眼泪。

　　不知什么时候，老哑巴的两个女儿学会了跳舞。老哑巴指着电视比划着说，意思是两个女儿是跟电视学会跳舞的。人们不知道她们跳的是什么舞蹈，只是觉得好看。她们有时是一个人独舞，有时是两个人共舞。人们好奇地用充满鼓励的眼神看着她们的舞蹈，她们越跳越投入，屋外的雨声好像是一种伴奏。

平时，哑巴家三口是分头出去拾破烂的，谁先回家谁做饭。那天，老哑巴和小哑巴做好了午饭，大哑巴还没回来，她们等急了就先吃了，三口当中谁迟回来一些时间也是正常的。但是她们吃完饭，等了两个多小时，大哑巴也没有回来。母女俩急了，先到收购站打听，然后又到处问熟人，都没有人说看见她。母女俩于是分头去大哑巴常去的化工厂附近、长江边、甘家巷寻找，找到晚上也没有结果。

有人叫她们赶紧去派出所报案，她们去了，派出所当然回答说有消息通知她们，但是还要她们自己找。母女俩又找了一夜，仍然没有结果。第二天快中午时，她们把栖霞街能见到的外地人和平时对她们点头微笑的当地人都带到了家里，小哑巴比划着说，请大家帮她去找姐姐，为了感谢大家，她跳一个舞给大家看，如果找着了，以后天天跳舞给大家看。说着，就跳起舞来，边跳边流泪。

人们都估计大哑巴这次失踪凶多吉少，不忍见她一遍遍地跳舞，叫她停下，说你放心吧，一定尽力。

没想到，小哑巴这种方法还真管用。傍晚时，拾破烂的安徽人老兵急匆匆回来了，说他看见了大哑巴，不过却是个凶讯：大哑巴躺在沪宁公路边上的水沟里，死了。

老鲁用摩托车将老兵带去派出所，老兵又带着警察赶到了出事地点。

经法医鉴定，大哑巴死于车祸，一辆车从她身后将她撞下了水沟。

哑巴母女俩先是守在殡仪馆，怕大哑巴的尸体被火化，见警察迟迟不给回话，小哑巴又独自去了派出所，催警察找出肇事司机。警察说，他们一定会尽力查找的，但是很困难，劝她尽快将大哑巴火化，因为尸体放在殡仪馆费用是很高的，如果查不出肇事者，这笔费用是要死者家属出的。

小哑巴哪里"听"得下去，流着泪打手势，说我求求你们了，你们帮我查出肇事者，我给你们跳舞，说着就跳起舞来。小哑巴跳了一支又一支，最后倒在了地上。

大哑巴的尸体火化了，小哑巴和母亲带着大哑巴的骨灰盒离开了栖霞街。

这一走，就是一个多月，栖霞街的人都认为她们不会回来了。

她们应该也晓得要查找到肇事者几乎是不可能的，栖霞街的人都这么说。

但是有一天早晨，她们背着大包小包又回来了。

大家都去看她们了。

老方问老哑巴："去没去派出所呢？"

老哑巴摇摇头。

"歇下来，就去问问情况。"老方朝派出所方向努着嘴。

老哑巴还是摇摇头。

这时候，小哑巴对着母亲摇摇头，不知道是反对母亲的意见，还是也和母亲一样的想法。

"这可怎么是好，唉，"老何咂着嘴说，"这家人回去一趟好像变呆了。"

晚饭过后，三三两两的人朝哑巴家走去。

人们到了哑巴家，就见门前扫得干干净净的，放着几张椅子和板凳。

月亮已经从栖霞山顶上升起来了，地上是银杏的枝条，一片片叶子像一把把小小的扇子。老哑巴拎出了一个布包，交给了小哑巴。小哑巴从里面掏出了一把红枣，给了老兵几颗，给了老方几颗，给了老何几颗，这样依次发了下去。

大家吃着枣子，老哑巴就在旁边打着手势，说枣子是自己家里长的，不多，带来给大家尝尝。

这时候，小哑巴打着手势，让人们往后挪挪。

大家往后慢慢挪着，小哑巴伸展四肢，她开始跳舞了！

大家赶紧快速地退出一两步远，给了她很大的空间。

小哑巴舞蹈着，她的身子像芦苇一样摇摆，又像丝带一样飘动，而她的四肢就像风一样带动着身子。

　　人们静静地惊奇地看着她舞蹈。节奏快的时候，听得见她的衣服在响。节奏慢的时候，人们又听见了银杏叶颤抖的声音。有人不知不觉往前挪了一些，也有人不知不觉往后退了一些。有人忽然伸长了脖子看她的脚，有人忽然抬头向树上看，好像她飞了起来。

　　人们看不清她脸上的表情，也看不出她表达的是欢乐还是悲伤，只看见她不断变换的舞姿。

　　她的身子、四肢、头发像水一样形成了一个旋涡，地上的树影子也跟着她飞快地舞动起来了。

　　人们听见了风和水组成的乐曲。

　　人们仿佛不是在看，而是听着什么。

地　气

　　那些日子，她真有想死的念头。经商的丈夫有了情人，对她恶语相向，几次提出离婚；长期的办公室工作让她疲倦不堪，肩周炎导致的偏头痛时常发作；熬了近十年，提上了科室主任，却被人说成是遭遇了领导的潜规则……

　　万念俱灰中，她想到了老家。利用单位集体旅游的机会，她请了 10 天假，回到了老家。平原上的小村庄，安静，也有些落寞。青壮年的男女都外出谋生，老幼们守着家园。但是，依旧有她熟悉的景色。是春天，村里村外，油菜连成一片，花苞初绽。槐花已落，满地花瓣，任风细数。阳光透过树梢，处处都是温暖。废弃的石磨、牛槽、屋檐下的红辣椒、大蒜头，包括一把生锈的镰刀、一副幅满灰尘的年画都让她感到亲切无比，让她喜欢。

　　母亲见她回来，显得格外精神，给她做韭菜盒子，做小鱼锅贴。她在锅后烧火，母亲在锅上忙碌。柴火的"哔啪"声里，一茶一饭都有自然的旋律萦绕。

　　吃了饭，她屋前屋后走走，角角落落都长着野菜，开着野花，落叶腐草间，漏出几朵蘑菇，白白胖胖的。

　　她又去了田野。阳光在麦田上起伏，仿佛波浪。布谷的叫声时远时近，高低错落，生怕春天不够热闹。河水受了污染，变黑了，可是芦苇还是绿的，菱角的叶子还是绿的，野鸭子的背上还是灰中带着绿……她在河坡上采了马兰头、苦苦菜、枸杞叶，一篮子的春光和芬芳。

马兰头凉拌，苦苦菜醮豆瓣酱，枸杞叶混在面粉里，做成长长的面绳子，清水下锅，汤清面绿，犹如小青蛇……她吃了一碗又一碗，母亲看得心疼，说，丫头，你平时都吃些什么？明个妈杀只鸡，给你补补。

晚间，母亲睡下了，她坐在窗前，想着自己的心事，现实和过去是一部穿越剧。酸楚的童年，母亲拉着她的手去挖野菜；少女时光，她在晨雾里穿过长长的含沙河大堤去上学；接着是大都市的阔大校园，然后是一个中等城市的按部就班的工作，然后是想象中的郎君向她献上了鲜花，然后是激情不再，然后是单位的是非……在装修考究的居室和窗明几净的办公室，她的心却尘埃密布……偶尔，有一只鸟从头顶飞过，却听不到叫声……

她的泪水落了下来。

冲动不可遏止。她拿出纸笔，要写下这一切，把一切写下。在校时，她读的是汉语言文学，那时一心想当个作家，想不到进了单位，写的却是千篇一律死板枯燥的公文，从来就没有喜欢过，却一直在做着。现在，她可以写了。因为用惯了电脑，下笔书写竟然不利索了，头脑里某个字明明是跃跃欲试，一闪一亮，可就是跳不出来。但是，诉说的欲望却汹涌着，撞击着。她在乡村之夜沉浮。于是，她用圆圈代替那些想不起来的字，让语言随着感觉流淌。

写累了，她在母亲脚头睡了。醒来时，母亲已经做好了鸡汤。她喝下，继续写。再写累了，她就去屋后的小树林中，坐在去年的落叶上，听小鸟歌唱，或者，去小河边，卷一支芦笛，吹一首童谣，一首老歌。

不知不觉中，十天过去了，她竟然写了有五万多字。她说不上是散文还是小说，也不知和文学杂志上的那些文章有何差距，但是她喜爱至极，从来没有如此畅快地表达过所思所想，所爱所恨。

她将书稿拿给母亲看，母亲看着密密麻麻的字说，呀，像青蛙后头跟着一趟小癞乌（方言：蝌蚪）。她笑了，母亲的比喻土气，却形象，却美，像童话一样。

母亲又说：孩子，你接上地气了。

她的心头一颤，地气，多么美的词语！她记得小时候，自家的鸡被小孩用泥巴砸晕了，奶奶就用一个筐将它罩住，过了一会儿，鸡就醒了。奶奶说，鸡接了地气，魂儿回来了。她四下看着，没有看到"地气"，就问奶奶，地气在哪呢？奶奶说地气就在地上。还有一次，邻居家杀狗，将狗吊死了，几个孩子将狗放在地上，过了一会儿，狗却爬了起来。她问奶奶，是不是地气回到狗身上了，奶奶说，是的，狗接了地气，魂儿回来了。但是她始终不明白，地气到底是一种什么样的东西。

现在她似乎明白了。虽然看不见，摸不着，但是她感觉到了这种气息。她走到屋外。菜园里，刚刚割了不久的韭菜竟然又长高了几寸，而油菜已是金黄一片，向着远处铺展开去……

她突然觉得自己就是一棵蔬菜，或者一棵草，一棵树，一只小鸡子，一只小狗，甚至是一滴露水，一缕炊烟……她和万物一样，只因有了地气，才生长，才有了魂。也应该像万物那样活着，花开花落，生离死别，都交给自然掌管，其他种种，实在不必计较。

她为这个发现而激动，她想哭，眼圈红红的。母亲问：丫头，有什么难过的事？告诉妈。

她笑笑：没什么难过的，妈，我什么都想得通的。

10 天的假期满了，她不得不回单位了，那是供养肉身的地方，谁也不能抗拒的。她想，回去后，她要和同事、朋友说说自己在乡下的生活。作为一个文学爱好者，作为一个在乡下长大的人，她知道，乡村被很多人不切实际的赞美，粉饰美丽却轻写了艰辛，不是为了满足游子的怀乡病，就是为了反衬成功者的荣光。她不会把她的家乡说得如诗如画，她只想对他们说说地气是多么神奇的事物。

她带着母亲挖的野菜，和菜园里的莴苣、水萝卜、晒的陈年山芋干以及新鲜的鸡蛋上路了。可是，车到城里后，面对着人流和车辆，面对着密集的楼群，她开始怀疑自己的想法了：在这里，谁能理解她所说的地气到底是什么呢？

菜市场

菜市场是乡土的镜子，映照着田园的面容。

走近菜市场，你就走近了菜园子，走近了种菜的乡亲，嗅到了乡土的气息。如果你是一个曾经在乡村长大的人，你的头脑中就会出现父辈劳作的身影，会不由自主地产生回家看看的冲动。

我说的菜市场，不是那种规范的菜市场，钢架结构的柱顶，罩着有机玻璃，整齐划一的柜台，设置了办公室和管理员。这种市场我不喜欢，所售物品太多，各种气味混杂，让人胸闷，恶心。那些常年在这样的环境中经营的商贩，真是辛苦。

我喜欢的菜场，是在规范的菜市场旁边的小街上小巷内。这里的菜都是时令蔬菜，是自家的小菜园长的，什么时令卖什么，有多少就卖多少。有些人的篮子里只有几斤菌子，有些人面前只放了三五把韭菜，有些人就带了两个冬瓜。所以这些卖菜的连菜农都算不上，因为称得上"菜农"的，是规模化生产的，是不按时令种植的，塑料大棚和催熟剂具有时光机器的本领，能让农民们制造季节，江苏作家鲁敏有一篇讲述塑料大棚的小说，叫《颠倒的时光》，这题目实在是好。

因为不是规范的市场，这些卖菜的人就要起得很早，天蒙蒙亮，就在路边摆上了摊子，到八点半，城管上班了，就要赶他们走了。如果管得松散时，他们可以幸运地卖到十点左右。城管在十一点半下班前，一定还会来清理一下的。

不说这扫兴的事了，我们来看看这些蔬菜吧。叶类的，根类的，茎类的，果类的，无一不是菜园本色。韭菜和长豆荚无疑是菜园中的美女，一个长发飘拂，一个腰肢细长。黄瓜活泼调皮，带着露水的小刺，明亮亮的小黄花，显摆着青春妙龄的得意，丝瓜在长相上似乎不讨好，但是也不肯服输地在瓜尖上顶了一朵小黄花。茄子或长或圆，或青或紫，都表现得冷艳，一副不爱理人的样子，好像要由它挑选买家才叫高兴。大白菜很随和，胖墩墩的，让你想到老家的大嫂。小青菜很羞涩，白嫩嫩的根子、水灵灵的叶片，一棵一棵服服帖帖地靠在一起，难怪，人家头回跟大白菜嫂子进城嘛。花菜和西红柿要算大家闺秀，它们无叶无蔓，素面朝天，面容端庄，不卑不亢。小葱骨骼清奇，金针一枝独秀。芹菜有药香，芫荽芳香扑鼻。番瓜看上去很笨，可在菜园中是人见人爱的壮小伙子。要说菜园之王，当然非冬瓜莫属，一个个像小肥猪，大气丰厚，却又极其沉稳，十分低调，躲在瓜叶下养精蓄锐，不到成熟不显身手……

菜市场是活色生香的，菜市场是说不完的。

这些卖菜的散户，把乡土带给我们，把大自然带给我们。他们带来植物的花和果实，带给我们泥土的精神，也带给我们故园的亲切和遐想。

但是城市能带给他们什么？

在小街小巷的菜市场中，这些卖菜的散户，有时也卖几只鸡鸭或鸡蛋鸭蛋。

有一回，我买了一位大嫂的一只母鸡，刚要走，大嫂说：你把这只鸡也买去吧。

她带来两只鸡。

我有些为难，我只想买一只。

我说：一只就够了。

她说：这两只鸡在家里时，一直就没分开过，我想，要死……就让它们死在一块儿。

她低下头，不再看我。

在这些卖菜的散户中，在这些不受政府支持的交易场所，你常常会感受到一个卖菜人的细微感情。

还有一次，碰上一个中年男子，他只有几斤青萝卜和一捆芹菜，我把几斤青萝卜都买了，他问我：这捆芹菜要不要？

我摇摇头。

他说：送给你吧，我也不在这耗时间了，以后你就吃不到我的菜了。

我问：你不打算种菜了？

他告诉我，没菜可卖了，他们那里的土地让政府征用了，过些日子他们就会住进安置房。

出于一个作家的习惯，我想借机了解一下他的想法。我问：土地被征用，住进安置房，你们觉得划算吗？

他说：嘿，划不划算，政府要地，你都得搬！

我笑笑。这是鸡蛋和石头的问题，我不知说什么。

他又说：种庄稼种菜也没多大收入，搬就搬了，有新房住，还补了安置费，你问划不划算，各人有各人的想法，就看以后的日子了。

我说：也是啊，各人有各人的想法。

可是，秋天的一个早晨，我又在小巷内菜市场碰见他了，篮子里放着几把葱和青蒜。

难道他贩菜了？看看这"规模"，又不像。

我问：你这菜哪来的？

他说：分安置房时，大家都不想要顶层，上楼累，夏天还热，还有可能漏水，只好抓阄。我说我不抓阄，我要顶层！

你是想在楼顶种菜？我笑着揭开谜底。

他哈哈大笑，很是得意：我在楼顶砌了一个个池子，把土一袋袋背上去，花了半个月，我弄了几块地，你看这青蒜，这葱！

我看着青蒜，看着葱，看到了他楼顶上的菜园。

我看到了我们被搬上楼顶的乡土。

渡　船

渡船是水上的邮票。

一根铁索横在河上，摆渡人握着木扳手，木扳手往铁索上一卡，往后一使力，船就进一步，再一使力，又进一步。水在流，船在走，平原上的日子也少不了上码头、下码头。上街赶集，走亲访友，日子中伴着流水的故事。

这里说的故事发生在涟河边上。

涟河的东岸是牲畜市场，一个叫红蜻蜓的女人在东岸的渡口开了个小卖部。她在大堤上用木头搭了个小屋子，外间摆货，里间摆张小床。小卖部门口的土坡修了台阶。逢集时，红蜻蜓就把货搬到牲畜市场上，品种也比平时多，增加了车零件，猪链子，牛铃铛，马鞍子这类东西。红蜻蜓的小卖部前有一个水缸。有人要喝水，红蜻蜓就一指小卖部前的水缸。水缸里的水总是满的，是红蜻蜓一担一担从涟河挑上来的，打了明矾，碧清碧清的。

红蜻蜓每天起得很早。起来第一件事就是去涟河里挑水，把水缸挑满了，她就站在窗前，朝对岸看。她看着小谭先生走上大堤，小小的影子轻快地掠过一棵棵树，大树，小树，槐花，桃花。小谭先生朝渡口走来，河风吹起他的衣角，显得很清瘦也很利落。小谭先生上了渡船时，红蜻蜓的心会紧张，有时是因为浪太大，船晃得厉害，有时是因为小谭先生的目光朝着她的窗口。小谭先生下了渡船，上了坡，一步一步走上来，红蜻蜓就笑微微的，好像小谭先生是奔她而来的。但是，很快她又失望了，小谭先生从她小屋前经过，从来不看一下她的小屋。她又转到另一个窗口，这下她只看到小谭先生的后背。她想小谭先生要是回头看一下多好，但是他从来没回过头。

小谭先生是河西人，在河东的学校做民办教师。红蜻蜓出嫁前，有个好姐妹给她和小谭先生牵过线。当时，见面的地点就在渡口。两个人都喜欢对方，但是，因家人的反对，没有成亲。红蜻蜓早就结婚了，小谭先生还是单身。

那天，临散集时，红蜻蜓却看见小谭先生牵着一头才成年的水牛往渡口走。红蜻蜓想：小谭先生不教书了？

下一个逢集，红蜻蜓又看见了小谭先生。也是临散集时，小谭先生刚好经过她的摊子前，红蜻蜓问他："你不教书了，老来行里？"小谭先生说："教呢，把牛牵来卖了。"红蜻蜓还想和他说说话，小谭先生就走了。

红蜻蜓感觉小谭先生瘦多了，头发也乱了，走路有些跌跌撞撞的。红蜻蜓想刚买的牛又牵来卖，肯定是做贩牛的生意了，又教书又贩牛真是难为他了。

一天晚上，红蜻蜓已经睡了，听见敲门声。

"开门。"来人说话了。

红蜻蜓一个翻身起来了，她太熟悉这声音了。

拉开门，小谭先生一头就撞进来了。

原来，小谭先生上回的牛让涟城北一个老头在宝滩买了，回去没两天就死了，媳妇和儿子一抱怨，老头喝药自尽了。

红蜻蜓一惊，说："哪能这么巧，不会是你卖的那头牛。"

小谭先生说："肯定是的，我那头牛一买回去就不吃草，我叫来兽医，兽医说是水肿病，一时治不好，没几天怕就不行了，我一吓就卖了。这些天，我难受，我又不敢说出来。"

红蜻蜓给他倒了一碗水，说："你喝口水，慢慢说。"

小谭先生喝了一口水，还是难受："我想死，我没有说话的人。"

红蜻蜓说："看你说的，我不是在和你说话吗？"

小谭先生点点头，又摇摇头，泪水掉了下来："我跟你说了也没用，我只想死。"

红蜻蜓一惊，不知怎么安慰他了。

第二天，红蜻蜓没见小谭先生从渡船上过来。红蜻蜓急了，一打听，说小谭先生请了病假。红蜻蜓这下慌了，又没主意，她知道小谭先生为什么病了。

红蜻蜓想来想去，想到娘家的肖奶奶，肖奶奶常常给人治些邪病的。红蜻蜓就去找肖奶奶了。

红蜻蜓对肖奶奶说："要是有人做错了事，心里后悔，得了病，怎么办？"

肖奶奶说："叫他去佛主那烧个香，认个错。"

红蜻蜓有些不相信："这样就能管用了？"

肖奶奶说："孙女呀，你晓得的，人身上的衣裳要是脏了，洗干净了穿着才舒坦，人做错了事就像衣裳脏了一样，要把灰洗了，到佛主那认错就和洗灰一样，灰洗了，心里就好了。"

红蜻蜓点着头，心里亮起来了。

红蜻蜓到了小谭先生家，就见他家还是老式的三间小瓦房，低低的檐口长满了青草。他家的邻居有楼房有平房，高高大大，气派得很。小谭先生的老妈妈带着红蜻蜓到了儿子床头，小谭先生一见红蜻蜓就坐起来了。小谭先生的老妈妈直是叹息："唉，这孩子，又教书又种地，累呀。问他哪里不舒服也不说，叫他去医院也不去。"

小谭先生叫老妈妈给红蜻蜓做点吃的。

红蜻蜓说："我不吃了。我来，是叫你明天和我去能仁寺，我们给佛祖烧个香，说说心里话，好不好？"

小谭先生说："好，我听你的。"

红蜻蜓心里一阵暖和，他知道自己为什么来看他的！

坐了一会儿，小谭先生又说："你来了，我感觉有些好了。"

红蜻蜓就笑了："瞎说的吧？我又不是佛祖。"

红蜻蜓回到船上时，月亮已经升起来了。船慢慢地向前走着，她看见自己的影子，像一座小小的佛塔，跟着渡船走。

乡间读书人

乡间的读书人有草木味的书香。

书到了乡间，就和泥土、庄稼、牲畜联系到了一起，成了它们的一部分，有了麦秆味，有了汗水味，有了炊烟味。乡间的生活未必诗意，乡间的阅读却伴随诗意。我常常看到这样的情景：一个放羊的老汉，躺在河坡上，天上云在飘，脚下水在流，他脱下鞋子当枕头，跷着腿，仿佛放浪形骸的古代贤人一般沉醉于阅读。我也常见这样的情景：一个小媳妇锄草或施肥归来，手脸不洗，就拿了一本书在瓜棚下或巷口看得入迷。此时，无论她的相貌美丑，她的姿态都有一种沉静之美一种文艺之美。女人一旦捧书在手，就有了神韵，有了雅致，即便她是一个村姑或农妇。

在乡间，书来之不易，读书人的图书来源稀缺，往往靠互相交换，他们的手是粗糙的，传递的动作却是恭敬的。这个村上和那个村上爱读书的人必然是最亲的朋友。他们读书，不求名著，自费出版的文集也好，拿了诺奖的名著也好，旧书摊上买的也好，捡来的也好，雅的也好，俗的也好，只要能说个事儿，他们就能看下去。他们对精神食粮和物质食粮一样要求不高，能打发掉时光就是好书。

但是他们也有寂寞的时候。这个寂寞来自于交流的不便。有一次，我去一个老同学家玩，他的父亲得知我爱好写作后，非常兴奋地和我谈起了

《史记》，娓娓道来。我对《史记》并无研究，几乎接不上话。他看的《史记》却是一本盗版书，多有错漏，他竟然根据早年的记忆和自己对文字的理解一一加以纠正，让我佩服至极。

有一天，他找到我们单位，给我带来了一些土特产，我极不自在。我说："你是我长辈，不作兴这样的，应该是我去看你。"

他说："我们是朋友啊，都爱读书。"

然后，他又说："你面色好像不太好，是不是经常熬夜？"

我说是的。

他说："不要太辛苦啊，看书作文就是玩，好玩就行了。"

我在感谢他关心的同时，却生出了自责：我的读书写作，目的性强，为了发表，为了获奖，为了名气，丢失了多少纯粹的快乐？

我送给他一些书，他却嫌多，说一两本就够了，书多了反而乱心，要慢慢看才有意思。他回去后，给我电话，说那天到小镇上下了车，就在河坡上看起书来，看着看着睡着了，一觉醒来月亮都升起来了。

我哈哈大笑。

他说："到家以后，我躺床上又看，看着看着又睡着了，结果烟头把被子烧起来了。"

我说："你是书迷啊。"

他说："不是不是，我一大早就起来去放鸭子了。"

是的，乡间的人读书只是为了乐趣，乐趣就是阅读的全部意义。他们的阅读不是为了考研，不是为了颜如玉和黄金屋，也不是要到哪里去卖弄，甚至不是为了长知识，在他们，阅读就是为了消遣，就是为了快乐，好玩，有趣！他们不会因为看书而疏忽了庄稼，忘记了饲养的生畜。

我母亲也是一个爱读书的人。她是我们村里新中国成立前出生的唯一一个识字的女性，她写字习惯繁体，阅读则不论简繁。2008 年的秋天，我从广州回江苏老家，见到母亲戴着眼镜，坐在墙边读书，阳光饱满，发丝银白，我第一次发现身材矮小、衣着粗陋的母亲是那么美。想到老人家一生劳碌，想到她如此的喜欢阅读却很少有阅读时间，想到自己并没有给她创造幸福的晚年，心头一阵难过。我没有叫她，只是站在离她不远的地方看着她。看她偶尔扶一下眼镜，看她的目光缓缓地在书页上移动。我感觉那沐浴她的阳光仿佛都成了闪烁的文字，我感觉她成了来乡间访问的学者。以往，因为母亲的性格过于刚强，对子女过于严厉，期望值过高，我们在压力之下常和她发生口角，产生抱怨，但是那一刻我所有的抱怨都被她读书的姿态打败，同时，涌现了深深的幸福感，我为有这样的母亲自豪，我几乎流下泪水。好久好久，母亲在翻页后，抬起了头。我走向前，说："妈，你在看书，我回来了。"母亲仿佛有些害羞，笑笑，轻轻合上书说："我看得慢，半天才看几页，不晓得什么意思。"

我看到那本书的封面，竟然是风格前卫的《花城》杂志。这是我前一年带回家的，我想老人家看不懂也很正常。我问母亲，家里的书都喜欢哪些，母亲说："逮到哪本就看哪本，磨时间，能看到字就好。"然后，又看着封面说："这本书也不错。有空还要看看，看书有意思。"

我琢磨着母亲的话，她说的肯定是大实话，只要看到文字就亲切，有意思就行，但是其中未必不隐藏着她对昔日人生的缅怀。她曾说，当年，她执意嫁给有过婚史的父亲，原因就是看中我爷爷是私塾先生，父亲写得一手好字，出身书香门第。虽然，时代的各种风暴无情地摧残着这个家庭，也打碎了他们想象中的美好爱情，但是母亲没有抱怨书，没有抱怨文化，她也希望我们成为有文化的人。看着取下眼镜的母亲，仿佛转瞬间又变了一个人。我一直后悔那天没有带相机，拍下母亲读书的样子。

我想那是文化的面目，是文化的姿态。

是的，乡间的读书人不是为了文化，但是能够享受文化本身也是一种文化，何况这种享受又在不经意间传承了文化。

我会永远记得那一天，阳光饱满，文字闪烁，我跟在母亲身后，嗅着乡间的草木，嗅着散发草木味的书香……

算命先生

他的世界是一个密室。

他在黑暗中布置着前程。

我这么说，是因为在我的印象中，算命者大多是盲人。儿时，我也偶见走村串户的算命者，摇着铜铃，敲着竹竿，试探脚下的道路和人世的风雨。但是这样的算命者鲜有生意，人们不太放心一个陌生的算命者。在我们平原上，更多的算命者是居家从业的。每个乡镇都有一两个这样的算命先生。他们有的是先天盲人，有的在童年失去了光明。算命就成了活着的手艺。但是，人们对他们的尊重远远地超过了手艺人，人们叫他们先生，将他们与教书育人的老师放在同样高的位置。日积月累，他们有了一定的名望，赢得了人们的信任，他们不识一字，却被人们当做能引导命运的智者。

是的，他们是盲人，却掌管着密室之外的各种钥匙，随时准备为别人开启命运之门。

当然，人们也不会将他们当做神灵。我的乡亲们尊重算命先生，并不意味着他们就完全相信。"算命打卦，尽是瞎话"，"有钱打酒喝，别听瞎子说"，这些俗语就是部分人对他们的嘲讽。但是，当他们遇到重大事情时，总是会想到算命先生，尤其是不顺心的事。他们可能在昨天还说过

"睁眼的送钱给瞎子用"之类的话，可是一旦家里出事了，孩子突然生了怪病，钱财莫名遭了损失，甚至一头老母猪跑了，一棵树突然倒了，他们都会觉得有什么东西在暗中做鬼，害怕有更大的祸事来临，他们把先前不信任算命先生的话全忘记了，心急火燎地就往算命先生家跑去了。到了盲眼的先生面前，他们自己倒成了盲眼，只有一双双耳朵恭敬地倾听。听完一遍，还要再问几遍，以确信自己没有听错。然后，老老实实地奉上酬金，在算命先生的叮嘱和祝福中诚惶诚恐地执行他的指点。

是什么使人们在焦虑时首先想到他们，并试着照他的"瞎说"行事？

他们真的是"瞎说"么？如果从未应验，他们如何养身立命？如果只是偶尔言中，他们凭什么能在黑暗中分辨出命运的轨迹？

我见过一个青年人，他有意的戏弄算命先生，想显示自己的文化，算命先生简短的几句话就让他败下阵来。

青年人问他：你能算出别人的命运，为何自己没有大富大贵呢？

先生答道：医生治好别人的病，是不是就意味着他自己长生不老呢？

青年人答不上来，然而不甘心弄了难堪，于是假装谦恭地问：我相信你，请你给我算一卦好吗？

先生说：好的。

青年人几乎笑起来：你给我算了，如果我有钱就给，没钱就不给，请先算算我带钱了没有？

他以为这下算命先生要为难了，但是算命先生的回答让他面红耳赤，先生说：我关心每个请我算命的人，带不带钱没有关系，但是没有诚意算命的人，带不带钱跟我也没有关系！

青年人还不死心，企图挽回面子：我有诚意算命，可是我真的没带钱。

这下，先生笑起来：你明知没带钱，刚才还让我算算你带钱了没有，这算诚意吗？

青年人彻底败下阵来。

我一直相信，在算命先生一代代的口传心授中，一定有一整套古老的逻辑学被他们以自己独有的方式隐秘地传承了，让他们的辩术攻无不克，我深知，千万不可在他们面前卖弄学问和口才。

我佩服他们的辩术，但是并不相信他们能指引命运。多少年来，我一直是排斥算命的。我认为这不过是盲人谋生的一种手段，他们给出的似是而非的信息，不过是利用不为常人所知的辩术玩弄的语言游戏。

但是，有一件事，让我对算命这一古老的行当有了新的理解。

那是五年前，我们村里的管奶奶带着三岁的孙女赶集，将孩子弄丢了。家人一面派人四处寻找，一面向警方报案。一天过去了，孩子没有踪影。有人提醒说请谷先生算一下。谷先生就在我们村，他天生盲眼，五岁学艺，名声很大，方圆几十里都有人找他算命。孩子的父亲飞奔到谷先生家。谷先生问了孩子生日时辰，几时出门，几时失踪后，说了一句话：孩子一定会回来。然而，十多天过去了，不见踪影，管奶奶急得一病不起。有人再去问谷先生，谷先生还是那句话：孩子一定会回来。

过了一个多月后，警方果然找着了孩子，原来是被人贩子拐到了千里之外的宁波。人们都佩服谷先生算得准。我和谷先生的孙子谷宁是好朋友，我问谷宁，你爷爷怎么就断定孩子能找着呢？他对你说了什么玄机没有？谷宁说：这事我也问过爷爷，爷爷说，我要是说找不着了，他家人就泄气了，哪还能天天求着公安，弄不好还把孩子的奶奶逼上绝路呢。我笑了，又问，要是真的找不着呢，你爷爷会怎么说？谷宁说，我也问爷爷了，爷爷说人丢了还能不找吗，找不着也要永远找啊，只要寻找就不能说找不着……

我终于明白，先生不是欺骗，先生的话是给人一份希望和慰藉。和希望和慰藉相比，他收的几个小钱算什么欺骗呢？我也终于明白我的那些乡亲为什么在最紧要关头总是想起他们，依赖他们。其实，算命先生也不指望人们完全听他的话，他也承担不起预言失误的后果，他只是给焦虑中的人们以善意的提醒，给他们一份希望、一分慰藉。

希望和慰藉，这是人类生存的需要，这也是人类心灵的秘密，是算命者的手艺得以延续的秘密。他们看不见世界的模样，可是他们的内心有一个世界，在那个世界里他们建立了独特的感知方式，建立了与外界沟通的独特途径。

　　他们的心里有一双眼睛。因为孤独，因为安宁，因为可以静思，可能比常人看得更旷远，穿透更多的秘密。

　　他们掌握了这秘密的钥匙，他们因此在黑暗中拥有了光，在密室中看见了道路。

雨水明亮

十二岁的儿子，双手插在裤兜，走在小雨中。

我站在屋檐下，看着他慢慢走向村口。

雨细得像钓鱼线。

我看见儿子走到了村口，从东西方向的小路转向南北方向的小路。我家在村子东边第二家，离村口也就 100 多米远。我可以看到村外大片的油菜田。

这是四月，油菜花已经开了。

在细雨中，油菜花显得娇羞，不像阳光下的灿烂。

我工作在广州，这次回家，是利用出差本省的机会。单位给了 5 天时间，我两天就将事情办妥了，出奇的顺利。回家当然好，但时间也实在紧迫，昨天凌晨到家，明天下午又要出发。

我走到东邻家屋后，也是村庄最边上人家的屋后，站到大杨树下，看着儿子在雨中慢慢地走。

儿子稍微高出油菜一些。他走走停停。

他是不是在想什么？难道有什么忧伤的事？

是刚才在电视上看到令他忧伤的画面，还是昨天看了我带回的童话书，有一些哀伤的情节引起了他的伤感？也许，他什么都没想，也不忧伤。

昨天凌晨到家，我叫开门，他没有醒来。天亮时，我在蒙眬中，听他问他母亲："妈，爸什么时候回来的？"他母亲说："夜里三四点吧。"

我努力睁开眼，朝他招招手，他走到床边，我拉着他的手，叫他："儿子，想不想爸爸？"

他笑笑，没有说话，挣脱我的手，说："爸，你睡觉吧。"

前两年不是这样的。他一见我回来，就又蹦又跳，晚上还要和我睡一起呢。

我醒来后，已快 10 点钟了，拿出买回的南方水果给他吃，他也不是特别兴奋，然后，我又拿出给他买的衣服，他没有细看，摸也没摸一下，只是说："噢。"

妻子对他说："你爸买的衣服不喜欢吗？"

他说："谁说不喜欢了，有时间我穿就是了。"

我有些失落，心有不甘地说："还带了几本童话书呢，儿子，你肯定喜欢。今天是周六，你刚好有时间看看。"

他没问在哪，淡淡地说："噢，我等会儿翻翻。"

说完，就出去了。

我苦笑着摇摇头。妻子也跟着小声笑。

他走走停停，越走越远了，渐渐地，淡黄的油菜花中，只露出一个黑色的小脑袋。

他的头发一定湿了。

我真想摸摸他的小脑袋，心里有蠢蠢欲动的感觉。

油菜田尽头，是另外的村庄，掩在树荫里，隐隐约约。

雨中，偶尔有灰线团一样的鸟雀飞过。

我希望雨下大些，我可以给他送伞，和他一起在雨中走一走。

他越走越远了。田野里只有他一个人，模糊的影子。

树叶上的雨声大了，有几滴雨落到了我脸上。

我高兴了。

回家，拿伞。

小路上的泥土湿了一层，脚一踩，就有泥沾上去。好在家乡的土不是很黏，里面有沙的成分，沾上又掉了。

小路贴着油菜田拐进了一个大水塘边上。雨珠在水面激起了小小的浪花，水纹四下扩散着，仿佛小鱼游动。

快到儿子跟前时，我停下来。

儿子看到我，没有叫我，蹲下去，像我们小时候找虫子似的，然后又站起来，手里多了根小木棍儿。他把那小木棍来回挥动着。

儿子一身牛仔服，肩上已经潮湿了。额上紧紧贴着细密的发。

"爸给你送伞来了。"我小心翼翼地说，好像真的做了惹他生气的事。

"我也刚想回去。"

那我送伞是多余了！这小子！

儿子蹲下去，在草里找着什么。

"发现什么了？"

我也蹲下去，把伞罩在他头上。

我想起小时候，我们常到草里找一种叫茅草的草芯，抽出来，白白的，甜甜的，很好吃。

"是不是找草芯？"

"不是。"儿子摇着头，移到了伞外。

我站起来。

"那，找什么？"

"就是看看草呗。"

"我们小时候常在草里找草芯，又白又甜，很好吃。"

"你以前和我说过。我后来也找过，没找着。"

我斜举着伞，看看天，还是看不清天的颜色，雨珠不失时机地打在脸上。我希望雨下得大一些。

我再次把伞罩在儿子头上。

"爸，你明天下午就走了吗？"儿子说话了。

"是啊。"我把伞从右手换到左手，右手扶在他肩上，"到镇上坐车，到南京，再坐飞机上广州。"

"要是雨大的话，飞机就不能起飞吧？"

"是呀。"

"……"

儿子手中的小木棍拨弄着一朵野花，花朵上的水珠沙沙往下掉。

我突然伤感起来。

"过两年，条件好了，爸还是接你和妈妈到一起。"

儿子好像没有听见，又跑到伞外，蹲下去。我看着他用手指弹着一只蜗牛的触角。他小声笑着。雨珠滴答滴答打在他头上，肩上。

"我不怕雨，我喜欢雨，下小雨时，我喜欢一个人在雨地走。奶奶和妈妈老是说我这样不好，要送伞我不要。"蜗牛从野花的茎上滑下来，儿子不再管它。

我也为送伞给他后悔了。

"你在雨中想些什么？"

"不想什么，就是喜欢走走。"

他抬起头，看我，眼神很奇怪的样子。

我竟然感觉到了一丝狼狈，错开他的目光。我搜索着话题，最后，像下决心似的说：

"其实，爸现在也喜欢雨。"

"那么，等我们回家时，我就在前头跑，你在后面追我？"儿子再次看着我，眼里出现了我喜欢的调皮劲儿。

"好啊。"

儿子笑了。他指着水渠前方的两排杨树：

"我们从那一条路回去。"

两排杨树夹着的是一条大路，是村里的主干道，通往镇上。

"好！"我开心起来。

我们往前走。

我还是尽量把伞倾向儿子。走着走着，他拉住了我的手。一种奇异的感觉由手心传往心里，我几乎流下泪来。我不再说话，不再想问他什么。

"爸，明天下午你去镇上，我用自行车送你。我和老师说一下，早点回来。"儿子还拉着我的手。

"好呀！"

"我能背得动你，我背你。"

"真的?"

"真的！"

雨似乎大了一点。

儿子突然松开我，冲向伞外，奔向雨中。

"爸，你追我啊！"

"好！"

我故意跺了两下脚，让他听见。跑了几十步，我嫌伞碍事，就收了伞。快追上他时，我放慢了脚步，和他保持着十几米的距离。他扭头看我，我又加快了速度。他跑得更快了。

雨，打在我的脸上，热热的。

赶　集

太阳出来时，平原的路上就飞起来了尘土。庄稼人早上事情多，鸡鸭鹅，猪牛羊，都要喂，锅碗瓢盆要收拾，瓜果蔬菜要采摘，忙完这些，一抬头，哟，太阳都爬到窗台上了，赶紧上集去。因此，一上路，就要甩开膀子，迈开双腿，自行车、摩托车你追我赶，赶集嘛，不赶不行！

赶集的人中，最清闲的是那些女孩子。她们还没到当家的年龄，家里卖什么买什么不用她们多操心，她们赶集多是为自己的事情，比如理发，买衣服，买化妆品之类，这些事情都要到店里去，去早去晚一个样。她们一般在村里赶集的人大部分走了后才准备动身。出发之前，是要在家磨一会儿的，挑最合身的衣服，头发要梳好，不能有一丝乱，粉要擦得匀匀净净，在镜子里照到自己满意了，得意了，这还不算，还不放心，还要请同行的小姐妹给个说法，人家说好了自己才有底气。临走了，还要把自行车擦得透亮，车轮上缠着一根草要拿掉，车胎上的泥也要剔掉！

刚从学校下来时，单萍也常陪村里的女孩赶集玩。母亲说，小萍，你老去做什么，你又不买东西，别去。单萍没有零钱买东西，连头发都是母亲剪的。单萍家穷，父亲是驼背，做不了什么大事，只能放牛，弟妹读书和日常开销全靠母亲和她种田维持着。单萍对母亲说，人家来叫，不去不好。

女孩子们在一起，什么话都好说，买东西时钱不够了，就互相借。她们看中的东西，总要叫单萍也买，主动借钱给她，单萍不要，她想，借了人家的还迟了就难看了。姐妹们不忍心她空手回去，看到价钱小的东西就会争着给她买一样，像皮筋，塑料发卡之类的。单萍记着姐妹们的好，总想等自己有钱了，也买东西送给她们，可是她总是没有钱。

　　时间长了，姐妹再来叫她，她就不去了。

　　不赶集了，她心里难受。每次赶集回来，她都会把见闻写到日记本里，不赶集了，她的日记本就空了。

　　初一下学期辍学时，童老师对她说，一个人只有掌握了文化才能改变命运，你文章写得好，不要放弃，回去后要多看书，平时注意观察生活。童老师是南京人，先在这里当知青，后来又留下来教书了。童老师教她语文，很喜欢她，说她有灵气，作文写得好。童老师送过她几本书，她自己很少买。她没有书看，就只能观察生活了。她想，自己只有"观察"，才对得起老师。

　　赶集的日子再来时，她又去了，只是去得很早，到了集市，她尽量躲开理发店，也不去卖衣服的店里，她不想碰见那些女孩子。

　　她喜欢去地摊上，看那些外地商贩卖的新奇的玩意。有一种叫香粉纸的东西，装在印着红玫瑰的薄膜袋里，白得像槐花，听小姐妹新月说拍在脸上，皮肤会变白变香呢。还有挂在木框上的墨镜，有茶色的，有黑色的，总是看不到对面，很是神秘。卖眼镜的小伙子，眼上带着一副，手里拿着一副，还在衬衣的领口上挂了一副。眼上带的那副是栗色的，镜片很大，怪怪的。村里的小伙子亚明就是带的这种镜子，右边镜片的上角贴着带字母的圆纸片，亚明舍不得揭下来。村里人很看不惯，叫它"蛤蟆镜"。亚明他爹还为这个事情打过他，打的时候，亚明就把镜子取下来，死死护着，宁愿多挨几棍，也不交出来。单萍不讨厌亚明，她觉得亚明很好的。亚明每天都去卖冰棒，早上晚上都听得见他自行车上的白色冰棒箱咣当咣当响着。有一天晚上，亚明把她叫出去，送给她一件白色的连衣裙。她没敢要，说不敢穿。亚明说，现在正流行呢，集市上的女孩都爱穿这个，再戴一顶麦草帽要多好看有多好看。她摇摇头跑了。不要说村里的小姐妹还没有人穿裙子，就是母亲知道了是亚明送的，也要骂死她。以后，再看见亚明，她就躲开了，好在亚明老是戴着蛤蟆镜，她看不见他的眼睛。

集市上的角角落落走了一遍，不知不觉就到中午了，人就稀少了，村里那些小姐妹也该回去了，单萍才打算回家。

回家之前，她总会想到童老师，犹豫着去不去看她。

可是，除了"观察"，还能和老师说什么呢？犹豫一会儿，她还是回家了。到了家里，母亲少不了又责怪两句，也没什么事，老赶集，看你，一身灰尘。

这一天，又是赶集的日子，单萍到了集上，没有去闲逛，她去了童老师那里。童老师说，你好久没来了，恐怕有一年多了吧？单萍低下头，我要出去打工了，下午就走。童老师愣了一下，哦……也好。单萍说，老师，我不会成为有文化的人了。童老师笑笑，说，走，去集市上，我买一样东西送给你。

童老师把她带到了服装店，挑了一件洁白的连衣裙给她。

童老师说，我刚来你们这里时，也是个小姑娘呢，比你现在大不了多少，也喜欢赶集，没想到一来就回不去了。

她紧紧挨着童老师。

童老师又说，我在这里扎了根，你们这里人却一个个往外跑了。

她说，老师，要不，我不去打工了？童老师轻轻拍着她，去吧，出去走一走，回来时，来找我玩。

她说，嗯。泪水落了下来。

那天下午，单萍从集市上乘上了去外省的客车。她穿着连衣裙，行李中有几册记录着赶集故事的日记本。

盖房子

平原上人家最看重的是房子。

看重房子是因为盖房子太难。平原上没有好木材，没有石头，没有水泥，没有石灰。石头、石灰、水泥这几样都在外地，北边要到徐州才有，南边要到盱眙，离这里都有几百里。这些材料，用船运到这里，价格就贵得吓死人，一般人家用不起。多少年代下来，平原上人家都是泥墙草顶。

以前盖房子虽说是泥墙草顶，可是基础要好，一定要夯实了，要打夯。一个大磨盘，四周被石匠"洗"出八个鼻眼，穿上绳子，几个男人抬起来、砸下去，这就叫"打夯"。磨盘只用在建小屋时打夯，建大屋子一般都用千把斤重的石磙子，四根长木棍把磙子夹起来，一根木棒的一头两人抬，一个打夯队伍就要16个人。人多，抬得高，砸下去才结实。打夯要整齐划一，就要指挥，不然就会七零八落，乱了阵脚。这就有了打夯号子，负责喊号子的人称为"号头"。

春来的男人秋谷就是喊号子的号头。

喊号子的人要嗓门亮，气魄大，秋谷的名声是很响的，方圆几十里没人不知道他。打夯号子的开头有一段引子，夯工站稳脚步后，秋谷就开始唱引头号子：

"嘿吆嘿吆……"

众人和："嘿呀嘿吆嘿嘿孑哩……"

连续三遍唱和，一遍比一遍高。三遍过后，打夯开始，秋谷开始大段地喊号子的主词：

小小花园（嗨嗨！）朝南开哎（嗨嗨！）
百草排芽（嗨嗨！）春天来哎（嗨嗨！）
万紫千红（嗨嗨！）齐芬芳哎（嗨嗨！）
…………

这一段号子词叫《万紫千红》。秋谷一边喊，一边根据号子的节奏打着手势，带着石磙夯打的路线。一声声号子里，打夯的拼足了劲，屋主的心跟着激动，一激动就要犒劳打夯的人，尽最大能力让大家吃好喝好。那年头有吃有喝就是最大的事，吃好喝好就知足了，从不谈什么工钱。基础夯好了，屋主总会悄悄给喊号子的一些好处，几包烟，一袋糖之类的。

春来看上秋谷，就是因为喜欢他喊的打夯号子。秋谷喊的打夯号子，像《十面埋伏》、《十二月花信》、《十二月数花》一大段一大段的唱词，春来都记得。没有旁人的时候，春来还会唱给秋谷听。

春来嫁给秋谷的时候，秋谷家只有两间小草房，屋檐还没有人高，进来出去都要低着头。春来说，秋谷，我不嫌弃，但是你以后要给我盖好房子。秋谷说，你放心，到时候，我自己喊号子给你听。春来说，就是，一个喊号子的自己家再没有好房子就不像话了。她想秋谷有本事，自己也不傻，两双手的劲往一处使，盖几间像样的房子是迟早的事。

春来和秋谷婚后连着生了两个男孩，加上那时还在大集体，想盖房子也拿不出钱，直到农村分了田，收种归了自己管，有空挣钱了，才有了希望。

那年春天，秋谷跟着村里人去上海打工，麦收时就带回了三百多块钱。春来就着灯光数了几遍，说，这钱够买一万多块砖头呢。秋谷说，麦收过后，我再去弄他几百。春来就伏在了秋谷的怀里，秋谷的怀里也是一个暖烘烘的大房子呢。

春来没想到，麦收过后秋谷就出事了。秋谷得了脑出血，把命丢在了外地。秋谷的房子就是一个骨灰盒了。

那些年，平原上的乡村变化飞快，处处是盖新房子的人家，祖祖辈辈居住的草屋换成了青砖红瓦或者青瓦红砖的大瓦房。春来家还是两间小草房子。人家没有好房子会遭人讥笑，春来家没有好房子没有人看不起，她的两个孩子都争气，先后考上了市里的重点中学。村里人都说，秋谷家女人能干着呢，瞧她那两个孩子！春来听到这话，总是笑笑，说，他们读书有出息当然好，读不出去，回家挣钱盖房子娶媳妇一样过日子。

春来的两个孩子都考上了大学，毕业后又都找到了好工作，一前一后在城里安家了。

春来老了。

老了的春来还住在小草房子里。孩子叫她去城里，她不去，村里人劝她去城里，她也不去。

过年的时候，两个儿子带着两个媳妇回来，春来问，你们手里有余钱么？

大儿子说，有，有几万呢。

二儿子说，我也有几万呢。

春来说，我想你们帮我把房子盖上，我要住楼房。

大儿子说，妈，我们买了房子呀，你就跟我们去吧。

二儿子说，妈，你跟我们去，早就叫你去的呀。

春来说，我哪里也不去，我就在家，我还要住楼房。

大儿说，妈，我们都说养你老了，再把钱投资在家里的房子上不划算呀。

二儿子说，妈，你去城里，我们保证对你好，我们也不比村里人差，不盖楼也没有人笑话你。

春来说，我问你们，你们在城里，名气再大，谁晓得你们是秋谷的儿子？只有到村里，人家才会说你们是秋谷的儿子啊。

两个儿子就都低下了头。

春来又说，村里人要都像你们一样走了，村子就空了，哪个还记得秋谷呢？你爸死了二十多年了，有我们在，他就还活在人的心上，要是没有我们在，他就真死了呀。

两个儿子听了，眼睛都湿湿的。

没多久，春来家的草房子就推倒了。

打夯的人来了，不是用的石磙子，用的是小型蛙式打夯机，一个人就可以操纵。已经没有打夯这一行当了。

打夯的小伙子叫人把打夯机抬到沟槽里，通上了电，一拉操纵杆，沉重的铁夯头就扬起来，砸向了泥土。春来站在草房倒下的老墙上，喊起了打夯号子："小小花园朝南开哎，百草排芽春天来哎……"

没人听见她唱的什么，打夯机的轰鸣把她的号子声盖住了。

卖冰棒

　　卖冰棒挣的是太阳的钱。太阳越大卖冰棒的人越欢喜，晒得越黑越有劲头。

　　从小麦泛黄到水稻扬花这几个月，都是卖冰棒的好时间。早上，东边的树林透出了温和的阳光，卖冰棒的人心里也跟着升起一轮太阳。树叶上草叶上菜叶上的露水干了，圈里的猪躲到墙角了，串门子的狗回到自家的草堆旁趴着了，老母鸡刨着土窝蹲下了，光屁股的小孩子摘一片荷叶顶头上了，天就热了，就要背起冰棒箱出发了。

　　围东庄的姑娘小伙子卖冰棒的不少。他们一上路，就脚下生风，你追我赶，空的冰棒箱在自行车后座上咣当咣当响着，到了食品厂，衬衫已经粘在身上了。他们一边擦汗水，一边去窗口开票。冒着阵阵冷气的冰棒到了自己的箱子里了，心里那轮太阳就变得清凉了。冰棒箱都漆成白色，内壁绷着棉胎，另有一大一小两块方的棉被，小的铺底下，大的用来盖。批发了冰棒，他们就各奔东西了。有的就在城里卖，有的到城郊，大部分人选择下乡。到乡下，虽说跑路辛苦，可是生意好。割麦的，采桑叶的，摘苹果的，或是在砖瓦厂、预制板厂做工的，一聚就是一堆人，一买就是好多根。庄前屋后的生意也不错，一声"冰棒卖哩"，角角落落的小孩子都跑出来了。

小兔子卖冰棒的地方不好说，他要看小窗子去哪里。小窗子有时在城里，有时在城郊，有时下乡。不管在哪里，小窗子的生意都好。人家小窗子长得好看，一双丹凤眼乌溜溜的，牙齿像石榴籽一样，轻轻一笑，脸上就出花来，能把男人当冰棒化了。小兔子常常看到有些男人买了冰棒还不走，没话找话跟她缠一会儿。小兔子一见这情景就生气，生气也没用，小窗子还不准他跟着自己。小兔子非要跟着她，小兔子说，你放心，我不夺你生意，有人喊你站着，我不会上去的。再说，我跟着你，你没有钱找零时，我还能助你一臂之力。

小窗子拿他一点办法没有。以前，小窗子很爱和小兔子在一起玩，小兔子聪明又能干，还比一般小伙子有朝气，会打扮。小兔子曾经托人来她家说媒，父亲一听就摆手，不行不行，那伢子不稳当，穿什么牛屎裤（牛仔裤），花衬衫，我看不惯！小窗子对父亲说，你看不惯的东西多着呢……父亲说，我看不惯就不行！父亲赶忙托人给她找了婆家，男方是围西庄的海喜。海喜老实本分，跟他舅舅在上海做木工，早早地就盖了几间平房。除了这两点。小窗子没觉得他比小兔子好到哪里去。父亲说这条件到哪找去，快快定亲。小窗子没说什么话，家里收了多少定亲礼她也没问。可是，既然定了亲，小窗子就打算老老实实的，不想闹出什么闲话来。

小兔子请她看电影，她摇摇头：不去。

小兔子请她吃凉粉，她推起车子就走：不吃。

小兔子给她买墨镜，她摆摆手：你自己戴。

要是旁人，早就死心了，可是小兔子脸厚，她到哪，他跟到哪。早上出门时，明明没看见他，半路上，小兔子就冒出来了，蹿到她前头，猛地打了一个弯，用自行车后轮刮她的自行车前轮，叫她一阵惊慌。她骂他，找死啊！他把墨镜推到脑门上，要死也要你陪我死。然后，吹起了口哨：谁知道角落这个地方，爱情已将它遗忘……

有一天下午，小兔子跟着小窗子去了宋桥镇，到了那儿后，卖了几支冰棒，就不见小窗子了。他估计小窗子是去镇东的砖瓦厂了，赶忙沿着含沙河向东追。走了一里路，就见路边停着小窗子的车子，他停下来，却听见路北边的树林里传出小窗子的哭声，他大声叫着小窗子小窗子，没有人答应。他钻进了树林里，走了一段路，看到两个男人向北跑去，接着又看到一双光着的腿……

小窗子走出树林后，小兔子说："走，我和你去派出所！"

小窗子说："我不去，你也不要去。我回家了。"

晚上，小窗子把小兔子叫到了村外的玉米田边。

小窗子说："我想求你一件事。"

"什么事啊？"小兔子的声音哑哑的，好像哭过。

"你答应我，今天的事，不要对任何人说，老也不要说。"

"我不会说的，小窗子，你放心，老也不会说。"

"真的？"

"嗯，老也不会说。"

"还有一个月，我就结婚了，我不想让任何人晓得……"

"我不说。"

小兔子蹲下去，哭了。

小窗子掏出手帕给他，小兔子不接，用袖子揩着泪："从小到大，我都喜欢你，我们一起上学，一起放学，一起挑猪菜，一起摘苹果，一起卖冰棒……"

小窗子说："我晓得，我全晓得……"

第二天，又是一个大热天，小窗子照旧去卖冰棒。上午没碰见小兔子，下午也没碰见，直到晚上回家才听人说，小兔子去镇江打工了。

第二年麦收时，小兔子回来了。

小窗子回娘家，帮着收麦子，两个人在麦田里碰上了。

小窗子快步迎了上去："你回来了！"

小兔子笑着，点点头："回来了，回来看看。"

小窗子上下看着他，很随意的样子："你变白了……这么长时间才回来……"

小兔子笑笑，小窗子还是红了脸，拉拉衣角说："孩子已经三个月大了，你一走就那么长时间……"

　　小兔子说："哦，三个月大了。"

　　小窗子点点头。

　　小兔子沉默了一下，仰起脸说："天真热啊。"

　　"是哦，是哦。"小窗子划了一下滑到眼梢的头发，也看了一眼天空。

　　然后，她和他就没有话了。

　　平原上大片的麦子也没有任何声响，麦梢上闪动着波纹一样的阳光。而在那麦田的尽头，一个骑自行车的人影越来越清楚，一阵叫卖声传了过来——

　　冰棒——卖冰棒——冰——棒——哩——

拾 穗

拾穗要趁早。小布总是天一亮就去拾穗。去迟了，那些老奶奶就把穗子全拾光了。

小布在腰间拴了根草绳子，把布袋子的一角系在绳子上，就在五月的槐花的清香里出发了。起得再早，她也会碰见拾穗的老奶奶。别看这些老奶奶弓腰驼背的，走路快着呢，一只手来回划着，头一点一点的，好像风里起伏着的麦穗。小布紧紧地跟着她们，不敢有半步落下了。

不过，先到麦田拾起第一根麦穗的还是小布。快到麦田时，小布就会奔跑起来。那些老奶奶就在后面笑：小鬼豆子，能干呢，哪个跟你抢哟！

早上的天色变化是很快的。平原上的太阳没遮没拦，上升一点，天就明朗一点，田野就开阔一点。开始的时候，处处是潮漉漉的，鸟儿的叫声也带着露水，麦田上空像晾晒着刚洗的白纱。小布和老奶奶们弯着腰，踩着被夜露浸软了的麦茬，一块一块田拾过去。猛一抬头，天就高了，明朗了，阳光已经铺到没收割的麦子上了。麦芒像一把把的梳子，把阳光梳得均匀，把光线梳得透亮。通向村庄的路上，已经有拿着扁担和镰刀的人奔着它们来了。

这个时候，拾穗的人就要回家吃饭了。田野里响着招呼声：

"陈奶哎，回家吃饭啦。"

"就走啦。你拾了不少嘛，冯奶。"

"没你的多哟，你个老不死的腿脚快！"

"呵呵，新麦还没打下，不吃新麦子我才不死呢。走啦——"

小布听着就格格跟着笑。老奶奶们也催她，这个说："小鬼豆子，走啦！"那个说："吃了饭，再来哟，小鬼豆子！"

她们越催，小布越要再拾几根，让她们急。等她们走出田头，她跑着跟了上去。她们边走边比着谁拾的多，比来比去，还是小布拾的多。冯奶奶就说，小鬼豆子眼尖，比不过她的！陈奶奶也跟着说，眼尖，人也精，这丫头哪家娶去哪家有福气！小布脸上红，心里高兴。沉沉的袋子不时撞一下她的腿，让她心里装满实实在在的欢喜。

吃了早饭，小布又去拾穗了。

在一块田头，小布碰上了陈奶奶和冯奶奶。陈奶奶和冯奶奶坐在田埂上歇着呢。小布看到她们俩之间有一棵站着的麦子，就伸手去掐穗子。刚要掐到，陈奶奶一手拉住了她。冯奶奶也直朝她摆手。小布说："谁叫你们不要的，就在你们腿旁，你们看不见嘛。"

陈奶奶说："我们都看见了，这麦子不能拾。"

小布问："怎么不能拾呀？"

陈奶奶说："小鬼豆子，你不懂吧，这棵麦子是主人家故意留下来的。"

"这叫留种子，"冯奶奶站起身子说，"留下了种子，来年才有收成啊。"

小布说："哦。可是我刚才拾的那块田就没有看见田头留下一棵呢。"

陈奶奶说："那我们快去看看。"

小布就把她们带到了那块田里，田头果然没有留下一棵麦子。

陈奶奶说："这家人，真糊涂，这事也能忘了，唉。"

冯奶奶蹲下去，抠了一个小坑，说："陈奶奶，拿一根麦来栽上。"

陈奶奶栽上麦子，冯奶奶就用土培上了。

两个人的眉头这才展开。

冯奶奶说："小布，记着，以后别拾人家留种的麦子啊。"

小布说："奶奶，我记得了。"

陈奶奶又说："人不也是这样嘛，你看这一田的人，这一庄一庄的人，都不是像麦种生麦子一样，一个个的，一代代的生出来了。"

小布的脸全红了，她背过了身子。

拾到中午时，小布的两个弟弟放学了，和另外几个男孩子来了。他们拾了几根穗子，就没有了耐心。拾麦穗要的就是耐心，无数次的弯腰、低头、伸手，孩子们是经不起这单调的动作折磨的。他们把拾到的穗子交给小布，就玩耍起来，你追我赶，也不怕麦茬戳脚。有个叫大雄的男孩唱了一句儿歌，其他的孩子就跟着唱了：

刮大风

下大雨

南边来了个小娇女

坐下子，歇下子

小手把我捏下子

……

唱完了，一起大笑。陈奶奶和冯奶奶也跟着笑。小布不笑，她装作没听见，埋头找穗子，脸却红了。陈奶奶笑完了，骂那几个孩子："正收麦子呢，你们唱什么刮大风下大雨，刮大风下大雨坏了麦子，叫你们吃烂泥呀？"孩子们就跑了，跑开了还是唱。陈奶奶看了一眼小布，说："这些鬼豆子，要打屁股。"小布的脸就更红了。冯奶奶说："陈奶奶，你让他们唱去，小鬼豆子懂什么呀。"

吃了午饭，小布又去拾穗了。傍晚时，小布和陈奶奶、冯奶奶碰到了一起，她们的影子落在麦茬上，夕阳跟着她们走。小布默不作声，陈奶奶和冯奶奶不住说话。

"你老说我是老不死，告诉你，我能吃上新麦子，你呢？"

“我呀，我不会比你少吃一顿，就是不知能不能吃上新米。”

“你能吃上新米，我恐怕不行了，人家说像我这种病活不了 5 个月呢，这都过了 5 个月了，老天爷哪能让你拖到秋天。”

“我也不行了，想拖到秋天，难，昨晚还吐血了，唉，我比你先得的病，能跟你一起吃上新麦子，我就知足了，你个老不死的，多活一天，我就跟着你活一天。”

小布一回头，看见她们已经到她身边了。小布就奔跑起来，吓了她们一跳。

小布跑到田头，又顺着田埂跑到很远的一块空地里。她坐在地上，放声哭起来。

秋天到了，稻子熟了，风在大平原上滚动，一望无际的稻子垂下穗子，沙拉沙拉地响着。

稻子熟了，又收了，每家的田头照例留着一棵。

小布又去拾穗了，傍晚时，小布拾了半袋子稻穗，在田埂上歇了一会儿，又去拾了两根最饱满的，给陈奶奶和冯奶奶送去了。

陈奶奶和冯奶奶就在田头的河坡上住着。

她们坟头的芦花全白了。

菊花，菊花

　　警察大汗淋漓地敲开方云霞家的门，气喘吁吁地说明来意后，方父非常吃惊地看着女儿说：云儿，这，这是怎么回事？方云霞说，爸没事的，我跟他们先走了。

　　坐到警车上，警察也怀疑自己搞错了：这么高挑的身材，这么白净的皮肤，这么眉眼俊俏的姑娘，会是那个贩运枪支的逃犯的女朋友？

　　在羊皮巷，顾小元是出了名的坏小子，从小到大都是如此。七八岁的时候，顾小元就是孩子王了，领着一帮调皮鬼用弹弓打路灯，用石子砸玻璃，拔气门芯，堵水龙头……这些孩子当中，有一个女孩，就是方云霞。方云霞和男孩子一样野，顾小元很喜欢她，封她为参谋长。方云霞很喜欢她的"总司令"顾小元，整天跟着他。

　　童年的友谊是很短暂的。友谊的结束，源于顾小元的过火行为。一天，顾小元和另外两个男孩把方云霞按倒，脱下了方云霞的裤子。这对顾小元来说，是一个好奇的玩笑，可是在方云霞来说，这是一个不可原谅的举动。方云霞觉得顾小元像日本鬼子一样坏。打那以后，方云霞一见顾小元就羞得满脸通红，远远地躲着顾小元他们一帮男孩。

　　顾小元的父亲是个修自行车的，爱喝几杯酒。有人去告顾小元的状，顾小元的父亲当时不表明什么态度，等到喝醉酒了，就用废链条没头没脑地抽打顾小元，打累了，就让顾小元跪下，一跪就是几个钟头。大概是顾小元十四五岁那年的一天，顾小元又犯了错误，顾小元的父亲追到了巷子尽头，才把他追上，狠抽了一阵后，让顾小元就地跪下。围观的人群里就有方云霞，方云霞想到顾小元的顽劣，就觉得顾小元的父亲应该让顾小元跪在那儿，让他丢丑。可是顾小元就是不跪，顾小元的父亲就继续抽打，最后一链条抽到了顾小元的头上，顾小元晕了过去。顾小元的父亲又踢了他两脚，说声"死了好"，就走了。第二天，方云霞听见几个老妇在羊皮巷里议论，其中一个是顾小元的奶奶。顾小元的奶奶说："好险打死啊，这孩子太犟了。"有一个老妇说："他咋就不跪下呢？"顾小元的奶奶说："唉，我问了，小元说，他看见方云霞在那儿看着他，他不想跪。"方云霞听了，匆匆走了。走到羊皮巷尽头，方云霞的泪水流下来了。她一下子原谅了顾小元。

　　方云霞大学毕业后，在本市的一个印刷厂找了一份会计工作。工作的那一年，顾小元刚从监狱出来，他因打架斗殴伤了人被判一年零6个月。他们常常在羊皮巷碰面。顾小元见了她，就低下头，匆匆而过。听说，顾小元开了个出租图书和碟片的铺子，但生意不好，顾小元成天伏在柜台上看《兵器》一类的书。对顾小元的生活，方云霞并没有多想，那时候，方云霞正忙于自己的工作和恋爱。工作是顺利的，恋爱却不幸。方云霞谈了一个相貌不错的男友，可是谈了不久，方云霞就发现他是个不务正业的小流氓，方云霞提出中断恋爱关系。小流氓不让，常来纠缠。一天，小流氓带了十几个同伙，要把方云霞抢走。方云霞的全家吓得手足无措。争执中，顾小元来了，他握着一根钢管，站到了方云霞家的门前。顾小元说："谁敢动她一个指头，我让谁脑袋开花！"有个小流氓问："你是谁！"顾小元说："邻居！羊皮巷的一条恶狗！"小流氓们悻悻而去。以后再没来纠缠过。那天，小流氓走后，方云霞请顾小元进门聊聊，顾小元怎么也不肯。方云霞说："总司令有请。"顾小元挠了一阵头皮，才想起这是自己童年的绰号。顾小元尴尬地笑笑，就进了屋。方云霞给他泡了一杯菊花茶。顾小元轻轻呷一口。方云霞说："好喝吗？"顾小元看着浮在水面上的菊花说：

"这菊花好看。"那时刻，电视正开着，播着《杜十娘》，方云霞悠悠地说："是好看，这菊花，像投江的杜十娘。"顾小元说："你还像小时候，动不动就蹦出让人想不明白的话，不过，听着有意思。"

这件事情过后，不久，顾小元就转让了他的店铺，从羊皮巷消失了。临走时，顾小元敲开了方云霞家的门，这是他成年以后第一次来找方云霞。顾小元说："家里没开水，要一杯茶。"方云霞说："好的，我给你泡杯菊花茶。"顾小元喝茶间，方云霞问："你现在怎样？"顾小元低着头，说："不怎么样。"然后大口大口将茶喝个干净，站起身说："我走了，云霞。""云霞"，也是顾小元成年后第一次叫出口，她感到那样的亲近，在她回味间，顾小元已出了门。

呼啸的警车直奔城南的江边而去。警察说："顾小元去缅甸贩枪，同伙一共三个人，现在被我们堵在了江边的一个石头房子里，正顽抗呢。你去了要沉着，劝他们放下武器。"方云霞问："你们怎么把他和我联系上了？"警察说："我们在云南的旅舍里，发现了他床底下的一个日记本，里面十几页都提到你。"方云霞说："对我，他是个好人。"警察看着泪眼婆娑的方云霞，像老外那样耸了一下肩膀，表现出十分的不可思议。

方云霞下了警车，走到石头房子的小窗子前，只说了一句话："小元，出来吧，不出来，我就跳江里去了。"

三个月后，顾小元因贩卖枪支罪被判刑七年。入狱没几天，他就收到了一个包裹。打开，是两包菊花。顾小元愣了好久，又把包裹扎起，工工整整地放到了床头。

击 打

　　下班了，他和往日一样，直奔宿舍后的小山上去。

　　他在山上的树林里站住了。

　　他看着周围的树，看着看着，那些树就变成了一个个人，一张张丑陋的脸，阴险的，高傲的，刻薄的，冷漠的……

　　他郁闷的胸腔里渐渐升起了怒火。

　　"黄金三，我打死你！"他对着一棵杉树狠狠击了一掌。

　　黄金三是海达外贸公司仓库的领班，他的头儿。他觉得黄金三最爱欺负他这个装卸工。就在今天下午，他搬货时绊了个跟头，黄金三还骂他是笨猪呢。想到这里，他又对着"黄金三"连续击打了几掌。

　　他的怒火还没有熄灭。

　　不开心的事太多了。他做过快递员，做过保安，做过木工，做过送水工……没有一样能改变他的命运，没有一样让他快乐过。

　　"马小灿，我打死你！"他又向另一棵树击了一掌。马小灿是他谈的第一个女朋友，可他连一个金项链也送不起，马小灿给他发了一个"不要再找我"的短信，就消失了。

　　马小灿走后两年多，他又谈了一个女朋友，叫刘瑶瑶，正要谈婚论嫁时，刘瑶瑶家人提出叫他买房子，他哪里有钱呢，刘瑶瑶也和他分手了。

他朝着"刘瑶瑶"猛击了一掌，低声吼着："刘瑶瑶，我恨你！"

长期的击打，他的手掌变厚了，变钝了，他不感觉疼，只觉得一阵发泄的快慰。

他又走到一棵松树前。看着松树，他想起了一个人。这个人老实巴交，一无所长。那年，他考上高中，这个人却无钱给他缴学费，小小年纪的他只好出门打工。这个人是他的父亲，叫罗本松。

"罗本松，我恨你！"他对着"父亲"连续击了几掌。

终于，他感觉累了，他坐到了树根旁。他的怒火也渐渐熄了。

这是他对付不如意生活的方法，通过击打树干，让内心平静。他打算过一会儿，就去小饭店喝几杯酒，如果喝多了，他就上床睡觉，如果还算清醒，他就上网吧，玩游戏，看视频。这么多年，他就是这么过来的。

就在他起身要离开树林时，听到了不远处传来的"扑扑"的击打声。难道也有其他人用这种方式平息怒火？他好奇地顺着"扑扑"声走去。

他看到那个人也在打着树干，一边打一边叫喊着"哈！哈！哈！"

这个人他认识，是他做事的这家公司的老总，叫关天明。

在他眼里，关总是大人物，关总不会正眼瞧他一眼，他也无缘走近。他没和他打招呼，他想关总是在锻炼身体吧，在心里说了一句"有钱人都怕死"就下山了。

他去小饭店喝了几杯酒，吃了一碗饭，感觉更舒服了。然后，带着醉意进了网吧。

当他打开电脑后，被一个视频吸引了：海达外贸公司总经理关天明做客"创业人生"。

他有些好奇，点开了视频。

他没想到关天明的命运比他还惨：父母早亡，小学没毕业，就跟着拾破烂的爷爷四处奔波，也送过快餐，送过快递，在工地卖过苦力……

主持人问他：关先生，您觉得你和别人最大的区别是什么？

关天明说：人与人之间的区别就在于业余时间的区别，一个人有没有出息，要看他业余时间做什么，我无论做什么工作，业余时间都没有放弃学习。

他的心为之一震。

节目快到尾声时，主持人笑着对观众说："关先生是个很会生活的人，我们了解到他有一个独特的爱好，大家请看大屏幕。"

大屏幕上，关天明正对着一棵树"扑扑"击打。

主持人问关天明：关先生，您为什么选择这种运动方式？有什么好处？说出来和我们大家分享——

关天明一笑：其实，我也不常运动，太忙了，但是每当我意志消沉的时候，我就会用这种方式寻找力量，通过击打，我能产生自信，哦，我还行，我不会倒下……

主持人又问：您是什么时候开始用这种方式增强意志的？

关天明想了想说：从 16 岁吧，第一次做生意亏本之后……

他醉意全无，眼睛里冒出了泪水。自己也是从 16 岁时踏入社会的，可是一直陷在灰色的情绪里。

他来到街头，晚风吹得他更清醒了。

突然间，他伸掌击向了面前的行道树。

和往日不同的是，他感觉手掌有些疼，似乎体会到了那种叫"力量"的东西。

拾豆子

学校不大，一至五年级五个年级，连校长才 10 名老师。

下午放学后，老师们都要急着回家，农村事多，都丢给家里人不行，得回去喂喂猪，挑挑水，浇浇菜。吃了晚饭，夏校长和其他 5 名老师还要回到学校——批改作业。都说在家人多嘴杂，不安心。剩下那 4 名老师在外村，远些，就把作业带回家。本村的 6 名老师，数刘主任岁数最大，快 60 了。刘主任每天改完作业，就喊肚子饿。刘主任说，我最怕饿，一饿就出虚汗。其他 5 名老师，也喊饿，可没刘主任饿得厉害。一改完作业，刘主任就往家跑，说回去烫粥吃。夏校长说，刘主任，你在家改作业就是了。刘主任说，在家无聊，也不安心，跟你们在一起，热闹些。

有几次，老师们都提出改完作业后，弄点吃的。夏校长说，吃什么啊，没有好吃的。想想也是，老师们那几个工资，一家几口等着呢，谁敢乱动。那时候是上个世纪 80 年代初，改革开放刚露苗头，农村还穷，教师工资还低，夏校长一个月才拿 120 元钱，其他人就更少了。饿了，只好勒勒裤带。

一天，刘主任带了两瓶酒到学校，说是女儿孝敬的。夏校长说，好啊，好，晚上就把它喝了。那几个老师也说，今晚改了作业，把它喝了。下午放学后，刘主任说，你们回去早点回来啊，今晚改了作业喝酒。夏校长说，光喝酒，菜呢？一个个大眼瞪小眼，说不出话。四年级的赵老师说，煮盐豆怎么样？刘主任说你有豆子？赵老师说，有啊，就是不知各位肯不肯帮忙。刘主任说，帮什么忙，怎么帮？赵老师说，今晚各位都别走，趁天没晚，我们一起下田拾去。夏校长接过话：田里有多少豆子？赵老师说，昨天早上天气预报说有大雨，村里人吓得赶忙收豆子，一直收到中午，中午太热，豆子一碰就炸，落了不少豆粒子。豆子收了，天又没下雨。不信，我们去拾拾看。夏校长说，这个……你们去拾吧，我回去还有事呢。二年级的女教师马小雨嘴快，说，夏校长是怕丢面子吧？要不，你给我们找点下酒菜，我们就不拾豆子了。夏校长脸一红，说，总感觉不好。刘主任打圆场说，夏校长腰不好，弯下去就疼，这我知道。这样吧，夏校长在田边站着，我们5个人拾，拾了一把，就交给夏校长——夏校长你看怎么样？夏校长暗骂老刘滑头，又不好推辞，说，那就去吧。

马小雨第一个跑出了教室，在前头走了。夏校长走在最后，低着头。刘主任说，夏校长，天下没有比煮黄豆更下酒的了。夏校长只是嘿嘿干笑。刘主任说，改了作业，喝点酒，飘飘的，滋润啦！夏校长又笑笑，脚步明显快了。

到了豆田，马小雨第一个弯下腰去，找起豆子来。夏校长说，走远些，走远些，到田中间去。马小雨伸出手，手里已有几颗豆子。马小雨做了个鬼脸，就朝远处跑去。

到了田中间，老师们就蹲下去，拨开豆叶子，找黄豆。夏校长坐在田埂上，四下瞧瞧，看也没人注意他们，便也拨开腿边的豆叶，找起了豆子。

天慢慢暗下来，夏校长的中山装口袋里已鼓鼓的聚满豆子。夏校长说回去吧。催了几回，老师们才起身。

到了学校，夏校长说，先改作业，谁先改好了，谁去炒豆子。没改多久，马小雨就说，夏校长，我改好了，我去炒豆子。夏校长说，少放些盐，太咸了不好下酒。刘主任说，要小火，炒煳了没味。赵老师说，人家马老师，做饭还要你们说。马小雨说，等我炒好了，你们再打分。我敢说，不得 100 分，也得 99 分。

　　炒豆子的锅是学校给几个离家远的教师准备的，逢上下雨天，他们中午就在学校煮一顿，粮食自带。马小雨炒好豆子，先盛了半小碗，端到办公室。每人面前倒了几颗。有的滚到了地上，老师们就捡起来，吹一下，丢嘴里去了。都说香。夏校长说，差不多了吧，喝酒吧。

　　两张办公桌一拼，老师们坐了下来，一个个很有精神。豆子香，酒也香，气氛热烘烘。老师们纷纷给夏校长敬酒，夏校长说，年底，你们各班级要是都拿全乡一二三名，我请你们喝酒，除了豆子，还有小公鸡。赵主任说，我们期中考试，二年级，四年级，五年级都得上游名次，你怎么没请我们喝酒？夏校长的筷头敲敲盘子里的豆子说，这个嘛……那时候，豆子还没熟，小公鸡才一把抓，没长大嘛。马小雨说，我烧小公鸡最拿手，到时候由我下厨。夏校长说，这没问题，期末，你们班级再像以前考试那样，在全乡拿头一名，我到上面跑跑，把你代课教师变成正式的。马小雨的眼圈立马红了，说，夏校长，我敬你一杯。夏校长端起酒杯，碰了一下，一饮而尽。夏校长说，豆子小公鸡算什么，出了人才，要啥没有！说完，自己又端起杯子，说，倒酒啊。刘主任说，我都听得入神了，夏校长，我给你倒上。

　　6 个人喝了两瓶酒，喝完，夏校长说走吧。大家出了办公室，马小雨还不走。刘主任催她。马小雨说，我刚才急着炒豆子，没改完作业就下厨了。我得改好，你们先走吧。

　　这话，让校长听见了。校长朝众人招招手，说等等她吧。然后走到操场一角的乒乓球台旁，坐了下去。

　　其他几个老师也跟着坐了下去。校长伸个懒腰，仰头看看天上的月亮，说好酒啊——

鸡啼声声里

一声鸡啼。

众星后退。村庄从露珠上升起。

卧室的门帘撩起。母亲起床了。

吱呀一声，堂屋的门开了。月光把银杏的枝条递进了门槛，在屋心铺上图案。

母亲走到屋外。暗红的梳子在发间划动。

小黑狗从门旁的破篾箩里爬出，伸了个懒腰，跑到母亲脚边，围着她转圈。

丝瓜的触须弯弯地探路，像细细的小黄鱼在水草间觅食。葡萄藤上倒挂着蜕了壳的蝉，尖尖的尾巴连着透亮的壳。

银杏枝头的白头翁打哈欠了，有一些小小的争论，轻轻地推挤，露珠啪嗒啪嗒地掉。

母亲的短发韭菜一样清秀。

母亲进屋，放下梳子。

勺子在缸沿碰出一声响，母亲往锅里添水。一只壁虎迅速地蹿上了屋梁。

灶膛里亮起火光，母亲的脸暖暖的，像正午的红月季。一只蟋蟀蹦到母亲的手臂上，晃了两下触须，又弹了出去。

炊烟拉近了天空与村庄的距离。

米粥的香味飘散开来，仿佛无数花瓣在轻舞飞扬。

母亲提了篮子，走向菜园。

长长的豆荚，像长长的辫子。紫色的花朵像发卡别在豆架上。母亲卷起袖子，摘个不停。摘了豆荚，又摘黄瓜，摘茄子，摘西红柿，摘辣椒。红的花，白的花，紫的花，黄的花，簇拥着母亲。一时间，母亲年轻了，成了扑蝶的少女，月光带着她的影子在花丛游弋。

瓜菜躺在篮子里，让母亲的目光为它们摄影。母亲笑了：这么新鲜，带着露水，是市场上的抢手货。

母亲摘来宽大的芋头叶，给瓜菜盖上。小凳子放在一个篮子里，秤放在另一个篮子里。

小黑狗衔着扁担过来了，母亲拍拍它的头：回家时，给你带一包骨头。

母亲挑起担子试了试，青竹扁担吱呀呀地响。母亲又对小黑狗说：好好看门。小黑狗低低地"汪汪"两声，跳进了破簸箩。

母亲挑着担子刚要走，又站住了。

母亲走到儿子的窗前，轻轻敲着窗子：孩子，饭在锅里，早点起来，吃了上学，别迟到了。

没有回应。

鸡啼声响成一片，好像有什么不测要发生。月牙颤了一下，隐入了云彩。

母亲放下担子，又开了门，走到了儿子的房间。母亲的手摸到了儿子的脑门上……

妈，妈，妈妈……我叫着。没有回应，"妈妈"这个词语焊接了我的唇齿。

去抓母亲的手，却怎么也动弹不了。

醒来时，再听，那鸡啼声，原来是从农贸市场传来——我在广州，在异乡的床上；母亲在江苏，3000 公里以外的乡村。

月光早已越过了窗口，碾过黑暗中的旧照片。

打开灯。

床头的茶几上一盒感冒药。

清　泉

少女躺在藤椅里，捧着一部厚厚的书，读得入迷。

少女的身后是一株高大的银杏树。银杏遒劲的枝条上椭圆的小小的叶片，一叶挨一叶，密密匝匝，遮住了火辣辣的阳光。少女在浓荫下，很惬意，读书的眼睛总是笑意盈盈。

银杏树下还有一口井，不断地散放出清凉。

偶尔，少女抬头，顺着知了的叫声向树梢望去。知了也许是个怕羞的精灵，少女一抬头它们就停止了鸣叫。）少女再看那井，井水深不可测，井壁上是绿绿的毛茸茸的苔藓。少女想：暑假真好，再也不怕老师冷不丁走到身边，夺去掩在课本下的小说了。

谁知道这份心情会让一帮泥瓦工弄坏呢，他们老来井里打水拌砂浆。打水时，把水桶猛向下一砸，嗡一声响，叫少女一惊。还怪声怪气地唱"妹妹坐船头"，少女抬头时往往碰见他们猥亵的目光。少女生气也没办法，她实在喜欢银杏的浓荫。

过几天，墙砌高了。打水就是一个小个子少年的任务了。他不会砌墙的手艺，只有打水、拌砂浆。少年总是把井绳绾在手里，一截一截轻轻放下去，没有一丝声响。少年把水打上来，倒在两个涂料桶里。打满了，把水桶轻轻放在井台上，也只听见轻微地一声"丁零——"

少女很少听到少年说话。从他偶尔应答其他泥工的话中，少女听出他是异乡人。少女看他比班上一些男同学还小。他挑着水桶，两手各抓住一头的桶系，头垂得很低，扁担压在窄窄的后颈上。少女想：他这么小怎么就出来打工呢？再看书时，目光就移动得慢了。

其实，少年觉得自己不是个老实人。趁少女看书的当儿，他偷偷瞧一下少女翘翘的嘴角，还有弯弯眉毛下扑闪的眼睛。当他看到少女书底下胸前那一对圆鼓鼓的轮廓时，少年就一慌，赶忙移开视线。少年挑好水，拌好浆，擦了汗，又抹一下眼睛：如果不辍学，自己也该读高二了，这会儿也正是暑假……

少年由此对少女生出些忌妒和羡慕。少女合上书时，少年看到了那书的名字：《雪山飞狐》。少年想：女孩子看什么武侠小说呢？女孩子应该看张爱玲，看琼瑶，或者舒婷。她的课外书就这些么？有没有我喜欢的屠格涅夫、纪伯伦、汪曾祺和董桥呢？就是有，自己又敢借么？少年想到女孩从未和自己说过一句话，失望了。

晚间，少年失眠了，就爬起来，写了几句自己也莫明其妙的话：蛙声绿起来了，蝉声烫起来了，心，乱起来了……汗水是季节的红蚯蚓，翻阅着少年的日记……何处有一汪清泉，滋润我焦渴的心壁？

又一个午后，少女看着少年挑水的背影。少年的衣衫紧紧贴在背上，汗水还顺着他的脖子往下流。少女就想起一句话，那是她在井台上捡到的一个小纸片上写的：汗水是季节的红蚯蚓，翻阅着少年的日记……

这时，少年又到井里打水了。

少年拎起一桶水，就托着喝。

少女说话了：咦，别喝这水，这井几年不用了，脏。我家有绿豆汤。

少年抬头，抹一下下巴，看一眼少女，脸红了，说，不……

少女回屋，端来一碗绿豆汤。你喝吧，在冰箱里冰的，又凉又解暑。

少年根本不敢看她闪闪亮亮的眼睛，他赶忙去打水。不知怎的，少年的手一抖，绳子脱了，和桶一起滑入井中。

墙那边传来工头的叫声：小苏北，快挑水！

少年慌张起来，结结巴巴地说：你家、有、有没有、长、长的、钩子？

少女调皮地笑了，说有呀，不过，你要喝了这绿豆汤，我才拿钩子给你捞。

少年伸手接碗，他看到少女一双清澈如水的眼睛。

……

我离开镇江纪庄那天，在车站，杏子问我：小苏北，你找到清泉的那一天，会告诉我吗？

杏子，现在让我告诉你：那清泉，在你的眼睛里，在我的记忆深处。

明 月

在我的印象中，乡下人中最爱发牢骚的便是退伍兵。想想看，当初十七八岁的小伙子满怀报国志，雄赳赳气昂昂奔赴部队，谁不希望在外面的世界闯荡出一番天地？一旦退伍，"当兵的人"又得回到山寒水瘦的老家，面对一把黄土，怎能不自哀自叹，满腹牢骚？海楼退伍时，却不是这样怨天尤人，他对我说一定要改变家乡贫穷落后的面貌。他说他总结出家乡贫穷的原因：交通闭塞，无外商投资办厂；农业未向产业化发展，不能与市场经济接轨；群众文化素质低，不懂得发展商品经济；干部没有锐意改革精神，饱食终日、无所事事。他把这些观点对乡里干部和盘托出，说只要给他一官半职，他就能力挽狂澜，使当地经济腾飞。乡、村领导都说他有头脑有眼光，但对他要求一官半职的事用种种理由拒绝了。海楼很忧伤，说千里马常有伯乐不常有。其实他根本不懂乡村组织中权力角逐的复杂性，他们怎会让他这样一个没有政治靠山的退伍兵有出人头地的机会。

海楼只好筹划自家发财致富的途径。他夏天卖冰棒，冬天捞海狮。海楼挣到1万多块钱了，就想买一台拖拉机跑运输。他父亲不肯，说那东西要轧死人就冲家了，能玩么？海楼父亲用那钱买了砖瓦，盖了三间平房，说海楼有了房子你说媳妇就不难了。海楼说你看到脚面上事情，一点远见也没有，我累死累活苦了三年就为了拖拉机啊。他对我说，以后再挣钱决不交给老头了！

海楼约我去园艺声贩苹果。他父亲知道了，不让去，说做生意会赔本，不如卖冰棒、捞海狮稳当。海楼不理他。父亲就不准他骑家里的自行车。海楼噙着泪对我说，咱老头子是把我当猪了，只知杀肉卖钱，不让我自己有主见。海楼就和我用独轮车去贩苹果。苦是吃了不少，钱也没少赚，每月都能弄个六七百块。

秋天过去，海楼又约我去贩小猪。那一年该我们倒霉。二十多头小猪买回后，就连下了几天暴雨，加之小猪换了环境，认生，不肯吃食，就全病死了。海楼被他父亲一顿臭骂。海楼说钱是我赚的，也是我赔的，关你什么事。老头子就跳起来，拎起板凳就砸。

海楼没了本钱，生意做不成了，就去了东北，跟瓦工做事。工地生活极苦，冷一顿热一顿的，海楼就生了一场病，草草治一下就回来了。海楼和我谈起生活的艰辛、理想的渺茫，两个人都泪水潜然。

海楼在家一年多了，身体毛病不断，不是胃痛就是头痛。但他还是想着种种挣钱的办法，比如种西红花，养狗取狗宝等，不过一切都成了空，都因家中不支持和自己没本钱。

海楼感觉身体好些了，又来约我和他去南京搞收废品的生意。我说怕要每人2千块钱，少了不够周转，我没钱呢。海楼说他也没有。不过，他把我拉到屋里关上门说：我有个办法……

那天晚上，海楼和我揣了几张丝网和两个袋子摸向了唐堡的渔场。海楼说弄个三晚上，就够做生意了。我说就怕出事。海楼没吱声，想了好久说命该怎样就怎样。

我们每人抓了两个半袋子鱼，两个袋头系劳，往肩上一挎，一前一后，慌不择路往回赶，天上黑沉沉的，无星无月，两人磕磕绊绊，累得气喘吁吁。

好不容易才挨近村庄。在村后的石桥上，我们歇下来，把鱼藏在桥边苇丛中，就坐在桥上抽烟。一阵晚风吹来，好不清爽。小河里倏忽闪现出一轮明月。抬头看去，一片片云彩向西飘去，月亮又圆又大，皎洁无比。

海楼起身，站着、望着月亮，久久不语。

突然，他走下桥，去苇丛中拎出鱼袋，走到桥上，解开袋口，把鱼一下子倒进了河里。把鱼袋也扔下了河。

我走近他，拉拉他，欲问他怎么了，却见他脸上挂着两行泪。海楼一手抚在我肩上说：在部队时，我晚上在哨所站岗，抱着枪，伴着天上的月亮，那时我感觉自己的青春多么壮丽，活着多么有价值。我常常对着月亮说我对美好生活的追求……海楼说着，泪流得更凶了。

没几天，海楼就一个人出去了。

至今，没有回来。

父亲的麦子

　　一场的麦子摊得很薄，暗红的麦粒在火辣辣的阳光下像庄稼人的古铜色皮肤。晒场被父亲翻耕后又泼水浸了一夜，晒到半干，赶着牛，拉着石碌子碾了几百圈，结结实实，平平整整，连牛蹄也踩不出印子儿。上面火烤下面地烙，麦子很快就干了。傍晚时就收场进仓，父亲望着满场的麦子出神。

　　父亲转身回到屋后的大杨树下，躺在凉席上。今年的麦子收成好啊，除了责任田的三亩麦子亩产七八百斤，父亲还承包了集体抛荒几年的二亩沙土地，精耕细作，也是穗大粒饱。父亲躺着，摇着蒲扇，听着蝉鸣，出了多少汗他不想，麦子能卖多少钱他不想，邱寡妇抛给他的媚眼他不想，他只知道麦子，几千斤麦子躺在晒场，他只想傍晚收场进仓……

　　"下雨啦——"蒙眬中父亲被惊醒。父亲慌忙起身，没穿鞋子，光脚跑到晒场。天上太阳还亮着呢，可是却下雨了。雨点大，但稀疏。邻人已忙着收场。父亲笑笑："老天爷，你淋湿了还由你来晒。"话是这么说，父亲还是叫醒了睡午觉的一家人。笆斗、扫帚、木锨，样样家伙上，七手八脚忙。

　　太阳倏然隐去，天空顿时阴沉，狂风起，乌云涌，雨就下大了。"不要上囤了，赶快堆起来，盖上塑料布！"父亲当机立断。一道闪电划过，一个巨雷炸响，雨点更大了，雨脚更密了。"不要堆一块，赶紧堆小堆！"父亲心急如焚！雷电交加风雨狂，不一会儿没堆上的小麦就湿了，人一走动，沾着泥巴沾上了脚。"盖上塑料布，压上砖头块！"父亲声嘶力竭！慌慌张张盖上塑料布，压上砖头块，父亲指挥一家人回屋。母亲还在犹豫。"快回，脚把麦粒踩到泥里了。"父亲大声吼。

"这可怎么办？这可怎么办？"母亲喘着粗气。父亲抹了把脸上的雨水说，"雷阵雨，过得快，雨过天晴就好了。"

可是那场雨，直到半夜还没停。父亲顶着雨，走到晒场上，天啊，晒场已被雨浸软了，一踩沾起一块泥，泥里尽是麦粒。打开塑料布，堆成的麦堆也浸水了！"赶忙往家运！"父亲吓坏了。顶风冒雨，七手八脚。运回家的麦粒只有千把斤，没堆成堆的大部分还在风雨中，还在泥水中！

千刀万剐的雨啊，一直下到第二天下午，打开塑料布，麦粒胀大了！又过了一天，还没出太阳，麦粒发芽了。

太阳出来时，发芽的麦子沾着泥巴。一捧捧拢起，淘干净了，又晒。

面粉厂的罗三开着客货两用车来了。

"老王，卖给我吧，你的芽麦。"

"芽麦你要做甚？"

"磨面粉。"

"这芽麦磨出的是黑面呀！"

"我往好麦里一掺，没人看得出。"

"我怕黑面吃了黑心肠呢。"

"我一斤给你一角五，你扔了也是扔！"

"我怕吃了黑面黑心肠。"

"哟嗬，老王你说话带刺呢，你不卖有人卖！"罗三朝雇工挥手，"走！乌龟死了壳子硬，别跟他啰唆！"

罗三刚一走，父亲摇起了拖拉机。"芽麦装车上，撒田沤肥去！"

跟着父亲到了麦茬田，我说："田里水好大。"

父亲说："水大好沤肥水大好栽秧！"

父亲说话时，手按在我的肩上，沉得让我受不了，我仰脸，父亲盯着前方，眼里有泪珠在晃！

自行车和自行车

　　那年，他高考落榜了。回到了小村庄，就像掉进了陷阱。他成天蒙头大睡，什么事不干却疲惫不堪。后来，他把一个旧收音机修好了，听新闻，听歌曲，外面的世界才一点一点渗透进他的生活。然而，外面的世界越精彩，他的心情越沮丧。这又穷又破的小村庄和外面的世界相差太大，这种差距比他的成绩和录取分数线的差距要大几万倍。他有太多的困惑和苦闷。他尝试着给收音机里"空中交友"的那些人写信，可是，不知是那些人不屑于和他联系还是什么原因，写了十几封信也没有人回一封。他几乎绝望了。

　　那天晚上，他收听湖南经济电台的"空中交友"节目，听到一个女孩希望交友的心声。她说，高考落榜后，她难耐小城的枯燥和压抑，她想走出去，找一个人同甘共苦，哪怕是乡村也好，在劳作之余，他能听她唱民歌，两个人一辈子在歌声里生活，就是最大的幸福……她会唱民歌？他记得他们班有一个湖南籍女生，唱民歌最好听。他默默爱着那个女生，可从不敢表白。那个女生是校花，现在那个女生考上了大学，他觉得这个梦彻底破灭了。节目播完了，他就开始想象她的容貌。她像谁？像田震？还是王菲？越想越清晰，好像她就在眼前，朝他羞涩地笑；越想越模糊，好像她是一个仙女，隐在山岚中。他睡不着，找了纸和笔，给她写信。好几天，他才把信寄出。他想这一次再收不到回信，他就再也不写信了，连收音机也砸了。

没想到，很快就收到了她的回信，还寄来了照片。她比班上的那个校花还漂亮！照片的背景是喷泉，水花和阳光在舞蹈。而她，如正午的莲花，静静的笑像莲花的开放，热烈，还有些高傲。他又看文字，她的字和照片上反映的性格很不一样，细细的，笨笨的，一笔一画都很小心，像轻手轻脚捉蝴蝶。平平淡淡几句话，让他读了三四遍。她像他一样，写了落榜的痛苦，对未来的幻想，对知音的渴求，但都不深入，一笔带过。可是有一句话，让他琢磨了好久。她说，两个人朝一个方向走去，总比一个人的速度快。你有这种体会吗？正像两只受伤的鸟，彼此最能体会在时间无涯的荒野里相遇时的落寞，也最容易明白对方的眼神。于是他立即给她回了一封信，也给她寄去了一张照片。

她很快又回了信。这一次，她有些撒娇地说，我要你来看我！要你骑自行车带我到处去兜风。

他想，她说喜欢我骑自行车带着她去玩，是不是在考验我。让我骑车去看她？骑自行车有什么了不起的！去就去！他并没有细想从江苏到湖南那个叫邵阳的县城的路程。但是，麻烦出来了。他这才想起他们家没有自行车。他们家很穷很穷。他去邻居家，邻居听说要去那么远，不愿意借，而且还含有嘲讽。他又去同学家借，他有很多好同学，这不会成问题。他直奔同学家。可是半路上，他又停了下来。他想：我连一辆自行车都没有，能给她什么幸福？他想着想着，就流下了泪水。擦干泪后，他朝砖瓦厂走去。

窑洞里的砖头拉到场地，半分钱一块，拉够了四万块砖头，就够一辆新自行车的钱了。他拉了二十天砖，变黑了，也变壮了。

他数着二百元的工钱，又想开了，就是有一辆自行车又能怎样呢？假如她跟他来了，怎么过日子呢？他竟然想到了"日子"这个词。

他家离砖瓦厂有六七里路，但是，他没有骑自行车。他步行。他的新自行车要留着去湖南。

这期间，她来信问他为什么不来。她想是不是嫌她不好看。这想法当然没有写成文字。她不愿让他看到她的不自信。

他没有告诉她不去的原因，也没有说什么时候去。他要给她一个惊喜，突然出现在她的眼前。

三个月后，他真的骑上自行车上路了，带着干粮、毛巾、牙刷、牙膏、气筒、地图。将近三千里的路，他骑了八天。其实，六天也就够了，他快到浙江时，连人连车跌进了一个小沟，腿摔肿了，几乎不能行走。他坐在那儿。树上晾着他的衣服。他除了身上的衣服，只带一身新衣。他想见到她时，再换上新的那身。他想着要返回，可是，拿出地图一看，还有三四天就到了。他仿佛看到她在向他招手。他就推着车子，一拐一拐走了两天，两天才走了几十里，最后硬撑着骑了上去。

她的家人告诉他，她外出了，好多天没有回来了，并且她也没有说去了哪里。他只好返回。

回来时，他几次想到死，几次从车上跌下来。

到了扬州这地方时，他累得实在走不动了，就找棵大树，倚着，好好歇歇。

就在那棵树旁，他看见了一个女孩，躺在地上。

有经验的读者会猜到，这个女孩，就是那个湘妹子了。没错。但是，她怎么会躺在这儿呢。

他却没想到是她。他见她嘴上起泡，脸色发紫，就给她喂水。

她醒来了。她看了他一眼，就唱起了歌：浏阳河，弯过了几道弯，几十里水路到湘江……

他一下就肯定是她了。他没多说什么，就拥住了她。他说：跟我回家吧，坐我的自行车。她轻轻一笑，很顽皮的样子，指了指大树旁另一辆自行车。原来，她也是骑自行车来找他的，他不在，她也返回了。她的自行车也是自己挣来的。乘小城的班车赶到长沙车站时，她才发现钱包被扒了。她想回去，可是她知道家里人是不会同意她去江苏那么远的地方的。她就在火车站附近的餐馆里给人刷了十天盘子，换来了一辆自行车。

他们又一次拥在了一起。

大树旁的两辆自行车，沾满了灰尘，只有那车轮闪闪发亮。

去城里的亲戚家

　　我知道我妈要去城里的亲戚家了。你看，她把菜子油往头上抹了。我妈平时倒油时，总是把油瓶轻轻地一歪，点了两三滴，就迅速地把油瓶立起，嘴唇对着瓶口飞快地一舔——她才舍不得费一点油呢。你看，我妈穿新鞋子了，蓝底红花的鞋帮，多新鲜！不去城里的亲戚家，她不会舍得用菜子油抹头发，不会舍得穿新鞋子。

　　我知道我妈要去城里的亲戚家了。你看，她现在又开始给我妹妹打扮了。她衔着皮筋，在给我妹妹梳头，她要给妹妹扎羊角辫子。可是，对我不闻不问。不去城里的亲戚家，我妈不会有耐心打扮我妹妹，也不会不让我跟着。

　　我说，妈，我也要跟着你去。

　　我妈想也没想，就说，你不去！

　　我说，我去嘛！

　　我妈说，你去干什么，你去讨人嫌！

　　我知道，再说下去不会有什么用了，最多能得到两巴掌。

　　我妈拉着我妹妹的手上路了。妹妹扭过头，得意地挤眉弄眼。气死我啦！我妈一去城里走亲戚，就带我妹妹，就是不带我。城里的亲戚是我妈的三妹妹，我们叫她三姨娘。我们家的亲戚只有三姨娘家在城里。去别的

 少年梦·青春梦·中国梦——中国故事
〔王　往〕捉鱼小孩

亲戚家，我妈从不怎么打扮，拉上我和妹妹就走。可是去三姨娘家，我妈就把自己和妹妹仔仔细细地打扮一番，还不允许我去，说我爱乱动。我爱乱动怎么啦，我到哪儿都爱乱动……不过到城里我就不乱动了嘛。可是妈不相信，我不死心。我妈和我妹妹在村口转弯时，我就跟了上去。到了大路上，我妈回头望望，我赶忙站住了，随手摘了一片柳树叶，吹起叶笛，装着不再要去的样子。等她们走了一段路，我又跟了上去。快到涟水大桥时，我妈她们站下来歇会儿。我妈看见了我。我妈朝我挥手，叫我回去。我愣了一下，就躲到路边的麦田里。刚抽出的麦穗刺着我的脸痒痒的。我不敢多待，顺着麦田边跑起来。我登上涟水大桥时，我妈她们正在北岸呢。我又站住了，我妈朝我招手。她要让我过去？过去会打我吧？我迟疑着。我妈又招招手。我只好跑向我妈。到了我妈跟前，我喘着粗气，汗水直滴，我把头扭向一边，不敢看我妈。我妈说，我就晓得你非来。我告诉你，到你三姨娘家，不准乱动。我说"嗯"，心里甜丝丝的。我妈拍拍我身上的土，又给我把纽扣扣好。我妈又蹲下去把我的鞋带子系好了，看着我的破鞋头说你看这……唉。快到三姨娘家，我妈停下来说，你到了那儿，不要乱翻，乱翻我打死你。我点点头，心里竟有些紧张起来。

到了三姨娘家，三姨娘很热情，拿糖果给我们吃。三姨娘家的糖果是装在大肚子的玻璃瓶子里的。各种各样，花花绿绿。我很羡慕，城里人日子真好呀，一瓶子糖，想吃就吃。我吃着糖，看着墙上的画，柜子上的闹钟、收音机，觉得稀奇极了，我很想去摸摸。可是，我妈老是对我使眼色，叫我不要动。我只好坐着，把糖纸折来折去，弄得沙沙响。我妈对三姨娘说，三妹妹，姐妹几个就你嫁到好人家了。三姨娘说，和你们比我是好些，不过在城里人家也是一般。我妈又说，这几年，不是你和他姨父帮衬，我那几个讨债鬼都养不活，不晓得怎么过呢。三姨娘说，姐妹们，不说这些话。我妈老说我们兄弟姐妹是讨债鬼，我听得耳朵都起茧了。她们说这些话，我没兴趣听，东张西望的。

过了一会儿，三姨妈家的儿子小光回来了。小光去过我家，我们很熟了，又差不多大，我八岁，小光九岁，我们最爱在一起玩。

小光一回来，就对我说，咱们去玩玻璃球吧。说着，他去找玻璃球。小光没找到，问他妈。他妈说，我怎么晓得，你自己找。小光很着急，我就帮他一起找。我想，会不会在柜子顶上呢？我就搬来椅子，站上去，往柜顶上看。我把柜子顶上的东西挪过来挪过去。突然，啪的一声响，吓得我差点从椅子上掉下来。天啊，一只陶制的小猪被我的胳膊肘碰到了地上。"小猪"摔得八瓣开花，"猪"肚里滚出了一地硬币。

　　我妈的脸色一下子变白了，一把将我从椅子上拽下来，狠狠地甩了我一个耳光。我三姨妈赶忙将她拉住了。我妈还要打我，颤抖着说，叫你不要乱翻，叫你不要乱翻……我三姨妈说，算了算了，一只存钱罐，摔坏了就摔坏了。我吓呆了，低着头，咬着手指头。

　　小光倒是没说什么，蹲下去捡钱。我妈也蹲下去，边捡钱边说，这孩子，小光，姨妈回去还要打他的。

　　钱捡起来了。三姨妈让小光带我出去玩。

　　小光还没走，我先到屋外去了。

　　小光让我和他去店里买玻璃球。我慢腾腾地走着，不说话。小光说，快啊。

　　我说，我想回家。

　　小光说，姨妈还没走呢。等你们走时，我也和你们一起去，你们家可好玩了。

　　小光的话，让我想起一件事：小光上次在我们家，打碎了一只碗，砸死了一只小鸡。但是，我妈一点没生气，还对三姨娘说，城里的孩子就是活泼，不认生。三姨娘也没骂小光，没打小光。

　　我想到这儿，眼泪就流下来了。

　　我丢下小光，跑了。

　　到了涟水大桥时，我站住了。桥南岸是农村，桥北岸是城市。北岸和南岸的孩子是不一样的吗？

　　我边走边用棍子抽着路边的小树、野草、野花，把它们的枝劈断，叶打碎，花打烂。

那天，我妈回来，我没有躲起来，我等她打我。我想她把我打急了，我要问她：我和小光有什么不同？可是，我妈没有打我。我有些急，有些失望。

第二天的课堂上，老师教我们读课文；工人、农民、科学家、解放军——你长大了干什么？

然后，老师提问。老师问我，你长大了想干什么？

我说当解放军。

老师问：为什么？

我说，我要背一包炸药，把敌人的大桥炸了。

同学们都笑起来。

老师说，你过来。

我走上去，老师拧着我的耳朵，使劲儿转了两下，把我往后一搡：就你爱捣乱！

唉，我还是挨打了。

和沈小丫去洗澡

村里的女孩子谁最可爱？当然是沈小丫。为什么？因为她愿意和我们男孩子去洗澡。

开始，沈小丫有些害怕。她站在岸上，不肯下来，说我怕。

我们就往河的中间走。边走边说，水不深，水不深，你看，刚到肚脐眼儿。我们一直游到河对岸，然后，一个猛子扎了下去。我们几个男孩子几乎同时露出了脑袋，衔一口水对着沈小丫喷去——我们模仿传说中的水鬼。沈小丫说我不怕，你们在水底，我看见你们的脊梁呢。不怕就下来呀，我们真心诚意发出邀请。

沈小丫试探着，把脚轻轻伸进水里。清凌凌的水，凉丝的水哟，沈小丫怎能不喜爱，她来回摆动着脚，格格地笑。

下来吧，下来吧。我们催她。沈小丫一只脚站到水里，踏实了，又挪进一只脚。

往里走，往里走。我们鼓励她。

沈小丫一步步往河中间走。沈小丫有些害怕，走不稳，我们就在旁边扶着她，走到河中间，沈小丫往身上撩水。晶亮亮的水珠在她洁白的皮肤上滚动。真好玩，沈小丫笑了。

我来教你凫水，小丫。强子说。

我来教，我来教。我们几个男孩子都围了上来。

我怕。沈小丫摇头。

不怕，不怕。顺子说，你看这样，顺子平伸出两只手，贴着水面说，你趴在我胳膊上，两手往前划，两脚用劲拍。

沈小丫还是怕，说，我到边上去玩。

沈小丫到了河边上。我们叫她趴下，抓住河边上的树根，两脚拍水。我们一开始下河洗澡，都是这样。

沈小丫就趴下抓住树根，扑腾起来。

过了几天，我们再叫沈小丫到河中央凫水，沈小丫就不怕了。

可是，有一天中午，我们刚下河，沈小丫的妈就来了。她妈叫她上去，快把衣裳穿起来，跟她回家。沈小丫临走的时候，还可怜巴巴地看着河里的我们。我们听见小丫妈说，丫头家下河凫水，就你能，以后不要来了！沈小丫走了，我们也没有了兴趣，很快上岸了。

傍晚的时候，我们又去叫沈小丫。沈小丫噘着嘴说，我妈不让我去。我们说，去吧，等你学会凫水了我们带你到很远的河里去，让家里人找不着。

沈小丫说，那我们玩一会儿就回来。

这一次是我教沈小丫学凫水。沈小丫趴在我的胳膊上，我托着她。沈小丫的小手划呀划，小脚拍啊拍。我悄悄抽出手，哈哈，沈小丫没有沉下，还往前游呢！你们看，沈小丫会凫水了，伙伴们高兴得跳起来。这下沈小丫吓得大叫起来。身子往下沉，我赶忙上去托住了她。可是沈小丫已经呛了一口水。沈小丫害怕地说，你们再不托着我，我就不学了。我们说，你自己练几回，马上就会凫水了。沈小丫说，真的？我们说刚才你已经凫了几步远了，没人托着呢。沈小丫说，那你们再托着我凫吧。我们几个又争着教沈小丫了。

小丫！小丫！一个女人的声音，沈小丫的妈又找来了。

沈小丫的妈气得直跺脚，大声喊着，叫沈小丫回去。沈小丫刚穿好衣服，她妈就揪着她耳朵走了。

我们再去找沈小丫，沈小丫就不理我们了，说，我妈说，女孩子跟男孩子不一样。

我们又到河边，可是没有像每次那样，比谁先跳到河里。

女孩子和男孩子有什么不一样啊？小顺边说边往水里扔瓦片。

就是不一样。三牛说，男的和女的都不一样。三牛是我们当中最大的，十一岁。

我们想啊想，男的和女的怎么就不一样呢？

那天傍晚时，我们几个男孩在一户人家屋后摘桑葚吃。三牛说，快来看，我们朝着三牛指的小窗里一看，是一个女人在洗澡。我们好奇极了，几个脑袋挤在一起，往里看那女人洗澡。顺子就忍不住笑起来，那个女人扭头一看，慌忙抓起凳子上的衣裳。我们吓跑了，那时候，村里人刚从田干活回来，一回来就洗澡，男人下河，女人在家里。我们又到别的人家去偷看女人洗澡。

很长一段时间，偷看女人洗澡成了我们的乐趣，又惊险，又刺激。我们好像非要知道男的和女的为什么不一样才甘心。

后来，女人们一见到我们几个男孩就说：小畜生。有些女人叫男人捉我们，捉到就打，但是我们一次也没被捉到。

有天晚上，村里人轰动起来，说捉到了一个偷看女人洗澡的男人。

我们几个男孩一直在一起啊，我们数了数，顺子、强子、三牛、宝虫、小文，一个不少，那是谁？我们跑去一看，啊，是才贵。才贵二十多岁了，偷看女人洗澡，真好玩。才贵被人绑了，吊在树上打着。身上被人用裤带抽出一道道紫印。好久，才贵才被放下来。才贵倒在地上，快要死的样子⋯⋯

后来，我们就不敢去偷看女人洗澡了。我们怕被抓住后，人家像打才贵一样打我们。

我们看见沈小丫，再也不敢理她了。

我们不去河里洗澡了。

河边的树杈上，少了两件花衣裳。

报纸上的地震

　　他坐在我对面的石凳上。黄短裤，蛋青色长袖上衣；上衣敞着，污迹斑斑；趿着拖鞋，小腿肚十分粗壮，密布着长长的汗毛；大概三十五六岁。

　　他是泥瓦匠？送水工？收废品的？换煤气的？

　　反正是做苦活的人。

　　但他让我有不安全的感觉。这是住宅小区的花园。我坐在藤条长椅上，置身于枝叶浓密的芒果树下。他和我之间是一个小小的羽毛球场，只有几步宽。每当我从报纸上抬起头，就发现他直盯我的目光快速地回避。

　　我所在城市的治安较差，报纸上天天有抢劫、盗窃的报道，杀人的事也不鲜见。我不相信他是劫匪，但是我心里有劫匪，心里的劫匪是从报纸上闯进去的。心里有的事，眼里就有了。我到这个城市才一年多，对它还很陌生，我要时时小心。我把放在一边的手机又揣进了裤兜。

　　再一次从报纸上抬起头，他不见了。我感到了轻松。

　　身后响起一声咳嗽，扭头去看，竟是他，一手抚在芒果树上，一手在胸前抓痒。我们目光相对时，他低下头，转过身去。我的表情是露出反感的，他的脸很红。

　　这家伙不会是想抢劫吧？我摸一下裤兜，手机还在；明知没带钱包，还是摸摸另一个裤兜。

他又坐到了对面的石凳上。

球场上来了两个打羽毛球的女孩。打偏的羽毛球落在了他身边，他拾了起来，扔了过去。一个女孩说谢谢他，他笑笑，挠着头，极憨厚的样子。我的心里起了涟漪：怎么能随意怀疑别人有不好的动机呢？又怎么能轻易对别人露出反感呢？

我再一次盯到了报纸上。然而眼角的余光里是他在我前后走动的身影。他不是劫匪，但是生活的某种突变，会让他成为劫匪。比如做生意亏了本，比如没有路费回家了，比如无钱吃饭住宿……我身上没有什么，但他并不知道，这不妨碍他变戏法一样亮出一把刀子……我有些不安。

女友在楼上叫我：你快回来，天快黑了！我点点头，合上报纸，起身了。他一下子站到我面前，笑笑，很僵硬的笑容：朋友，你报纸看完了？我也笑笑，也很僵硬：看，看完了。他伸出手，语速变快了：能不能给我？我听送水的同事说，我们老家发生了地震，有五六级，我不知是真是假，我们住的地方又没有电视，我放心不下哩……

我笑起来，很热情的笑，这种笑让人很快乐。我说：朋友，给你吧！

他接过报纸，说：谢谢你，朋友。他的笑容水波一样荡漾开来。

女友下楼了，她跑到我身边，挽着我的胳膊，斜视着他。

他的脸刷地红了，急忙走开了。

女友低声说：我在楼上看见这人了，鬼头鬼脑的。他转来转去就为了要你一张报纸？我说是的。女友说：那他自己买嘛，不就一块钱吗？遍地是报摊。

我说一块钱对很多人来说很重要。我说天下为一块钱发愁的人不是一两个。我说我就曾经因为没有八角钱买邮票，将一封信拖了一个月才寄出。我说——

女友打断了我：你今年多大了？更年期了？这么啰唆！

那个晚上，我在阳台上坐到了深夜。

一头回家的猪

在我十五六岁的时候，我们家那头母猪生了八九头小猪。等小猪长到十来公斤时，正打算去卖，却连大带小一起生病了，村里的医生竭尽全力，也没能保住这群猪，先是母猪死了，接着一群小猪也倒下了。没办法，只好将它们埋在树根旁。"安葬"的时候，其中有一头小猪还有些气息，一抽一搐地动。父亲就让我把这头小猪拎到庄后的柴塘边，说听天由命吧。

几天后，我去柴塘边玩，见那头小猪竟站起来了，歪歪扭扭地支撑着，偶尔嚼一两片草叶。我赶忙回去告诉父亲，问要不要把它逮回来。父亲说："不能，它有传染病，弄不好，把邻居的猪也传染上了。"

过了些日子，带着好奇心，我又去柴塘边看了看，却再也没见那头小猪。

两三个月后，我常听割猪草的孩子说，在玉米田里看见一头猪，把玉米行中的豆子连根拔起。我想，这肯定是我家那头猪。

没想到，一天傍晚，这头猪竟出现在我家门前。它健壮多了，足有30来公斤。毛根根竖着，又硬又有光泽。它这儿拱拱，那儿嗅嗅。父亲很是惊喜，端来一盆粥，放在地上，站远了，等它去吃。但是，它不敢靠近。父亲又把那盆粥倒进猪圈门口的食槽里，站远了，等它去吃。这下，那头猪走近食槽，大口大口吞起粥来。吃完了，它竟回到了圈里。父亲快步跑向猪圈，关上了圈门。父亲脸上露出了得意的笑。一头快死的猪，扔掉了，三个月后，长大了又跑回来。这事被庄上人传为奇闻，都说父亲捡了个外快。

它大概是在田野里自由惯了，一时不适应这无异于囚室的猪圈，总是往猪圈外跳。父亲不得不把猪圈加高了许多。这下，它又不断地拱圈门，父亲又在圈门上压了一块大石头。百般抗争，无济于事后，它只有在猪圈安身立命了，和同类一样整天吃了睡，睡了吃。

年底的时候，那头猪有100多公斤重，四肢粗壮，毛滑体肥，但不显臃肿，这大概和它有三个月的野外生活经历有关吧。猪肥了，悲惨的结局也来了。卖猪的那天，父亲的表情有些异样。猪赶出圈后，好几个人，费了好半天劲，才将它按倒。收猪的让父亲帮忙，父亲站在一旁不动。过了秤，付了钱，猪贩子将猪抬上车时，父亲眼里有了泪水。

如果那头猪看见父亲落泪，它会怎么想？父亲养了多年的猪，卖了有上百头，这却是第一次为一头猪落泪，这也是他对一头回家的猪的最大歉意和感激吧。但这只是我们人类的思维，对于这头猪，回家的它除了悔，除了恨，还有什么呢？但是，我至今不明白，它为什么要回家呢？仅仅是因为动物的愚蠢吗？是厌倦了野外的风餐露宿还是想看看它童年时的居所？是动物也有宿命观吗？想不通，想不通，这头回家的猪，至今，想起你，心情黯然……

母亲的猫

老鼠闹得凶的时候，小妹从同学家抱回一只小猫。那小猫很瘦，走路时，看见骨头在皮毛里动。就这样，它还不肯吃东西。小妹说，大概它想吃鱼吧。小妹就买了鱼喂它，果然吃得凶。母亲说，这得喂多少钱？不行。母亲就把鱼在锅里煎熟，煎得脆脆的，然后研成碎面，猫饿的时候，就撮一点掺在粥里，或者拌在米饭里，让它吃。母亲说，让它沾点腥气就行了。小猫咂了两下，就不吃了，抬头咪咪叫。小妹心疼了，把鱼拿给它吃。母亲不让，母亲说，我是让它捉老鼠的，不是让它来吃鱼的。小妹说，先把它喂大了嘛。母亲说等喂大了，它就变懒了、变呆了。母亲执意不让多喂鱼。

那年，我才 16 岁，辍学在家。母亲说，你得出去挣钱去，这么大了，成天在人面前转来转去，难看不难看！我觉得自尊心受了伤害，在一个秋日的黎明，不辞而别了。

大概一个月后，我两手空空又回来了。母亲看我一眼，冷冷问了一句。"回来干什么？"我回来的时候，那只小猫正在门槛上咪咪叫，母亲轻轻踢了它一脚：去，捉老鼠去。小猫叫着跑了。

我觉得我像那只小猫一样委屈。

在家待了没多久，我又走了。我走时，我发誓，再也不回这个家了。

而且，我到了外面，多少年也不给家里去一封信、打一个电话。春节回去几天，和母亲也很少说话，匆匆来匆匆去。

义无反顾的我，一边做苦工，一边坚持读书写作，决心闯出一条生活的道路。去年，终于应聘上一家杂志社的编辑一职。假日，女友缠着我要到我家去看看。到了家里，我依然很难和母亲亲近。傍晚，我独自一人在河边的小树林里散步，看到了十几只猫。这些猫在树林间打闹戏耍，冷不丁，就有一只蹿上了树梢，抓了知了狗，这只还没下来，那只又蹿上去。一会儿，又听到河边"呜昂呜昂"的叫声，原来一只猫叼了一条斤把重的鲤鱼，猫紧紧咬着鱼头，鲤鱼死命摆动着尾巴就是甩不脱，这时，另几只猫就向它追去了。看这些猫一个个生龙活虎，真惹人爱。

这时，母亲去河里洗菜，我见了母亲，想转过身去。母亲说话了："这些猫都是我家的。"我装出笑容说："这么多？"母亲说："十三只。""养这么多猫？""养它也不烦神，老鼠都抓尽了，它们就自己捉鱼吃，有时还抓到兔子。"

母亲的猫真是骁勇善战啊！

天黑了，母亲大声叫我回去吃饭。

我到家门口时，听见母亲在教训我贪玩的小侄子："作业没做好就想玩？怕吃苦是不是，怕吃苦能行？你看你四叔（指我）初中没毕业，就出去打工，现在都成作家了……"

我心头一热，一刹那，我理解了母亲，我几乎要落下泪来，不知进门好，还是不进门好。

这时，一只猫"嗖"地从我腿边蹿进了屋。

那猫叼回来一条好大好大的鱼。

紧接着又一只猫追了进去。

拉弯的天空

腊月二十八，我赶到了老家。

我一路笑着，和村人打招呼。一个回到老家的人，笑容是对母亲最好的慰藉。

一进门，我就问妻子，妈呢？妻子说，在小菜园里呢，是挖地去了吧。

我当即去了小菜园。孩子拉着我的手，吃着香蕉，一蹦一跳。

母亲是在挖地，在那只有几张桌子大的小菜园里。那是我们家唯一的土地了，自从到了城里，我就把地退了，这事一晃已过去了七八年。

到了小菜园，那土上有一层细雪。母亲的头发全白了，不是那种养尊处优的银发，是枯发，灰白，像枯草间萎缩的叶子。想不到，这些年，不种田了，母亲反而衰老得厉害。

我说，妈，我回来了。母亲停下来。母亲笑笑，回来啦。母亲的脸色是灰黄的、干涩的。以前，不是这样，母亲一顿能吃两碗米饭，脸色红润，如枫叶。我说，妈，不挖了，回去吧。母亲说，挖一下，把土翻过来，冻酥了，春天虫子就少了，到时种些豆角，种点青菜，就这点地啦。我接过铁锨说，妈，我来挖。母亲说，算了吧，回去，这点地留着，我明天挖。

母亲扶着锹柄，目光投向了村外那些大片的农田。母亲小声说，你听没听说，现在种田不用缴农业税了。

我说，听说了，报纸天天看呢。

母亲说，开始我不信，后来听人说了，我就去看电视，真有这事，我几夜都没睡好。

我知道母亲又要说种田的事了，就避开她的目光，没敢接话。我每年回家，她都要说我们家没地种了，退了地真可惜。我说，一来，你年纪大了，我们心疼你，不想让你再操心，二来，我们兄弟都工作了，人人给你钱，你想吃什么都买得到，还种什么地呢？母亲说，分田到户那年，我和你爸没日没夜地在田里忙，心想，这下有粮吃了，你们读书也不愁学费了，哪想到你们大了，一进城里就不种田了。不是种田，我和你爸哪能养活你们。我说，你还想我们在家种田啦？你盼我们长大成人，有出息，不就是想我们有个好工作好家庭吗？母亲当然没理由反驳我，只是老重复着一句话：唉，没田种了……

大年初一上午，无风，太阳又艳。我和村里几个小伙子坐在廊檐下闲聊。母亲和妻子在灶屋做饭。快吃午饭了，来了一个讨饭的老妇。老妇往门前一站，放下米袋，笑呵呵地说："小兄弟们帮帮忙。"我说，老奶奶，您的儿女呢？老妇说，一个儿子，脑子不好使，女儿出嫁了。我问，老头子呢？老妇又呵呵笑起来，老头子，早死啦。我说，对不起，老奶奶，问你伤心事了。我对孩子说，拿一碗米给奶奶，用大碗。孩子跑去厨房了，出来时却抓了一把米。那小手能抓多少米。我对孩子说，叫你用碗，大碗。孩子把米放到老妇米袋，又跑向厨房，出来时，对我说，爸，妈说不让给了。我皱了皱眉：妻子一向是个大方的人呀。我有些生气了。我掏出十块钱给了老妇。我说：奶奶，一点心意。老妇接过钱，不停地说，好人呀好人……

吃完了饭，没人的时候，我半开玩笑地对妻子说道：现在你掌权了，一点不顾我的权威了。妻子说道，我怎么啦？我说，那讨饭奶奶怪可怜的，我叫给一碗米……妻子说，你不知道，米缸里的米都是妈秋天拾回来的，当时我在炒菜，她在烧火，我怕她心疼啊。一缸米，要拾多少稻穗啊……

我说，哦。

我去了厨房，打开米缸，抓了一把米，那米有圆圆的珍珠米，有长长的鼠牙米，有青白相间的"一品香"，有尖尖的糯米……是的，是拾的稻穗碾出的米。我的手颤抖了，泪水一点点浮上来。

我看见秋天的田野，看见秋天的母亲。

她弯着腰，从一块田跨到另一块田。

她走到了自家的稻田。她弯下腰，又站起来。她的目光抚摸着每一株稻根。她怎么也不相信，她盼了大半辈子，等来了分田到户，等到了自己的田，她像服侍皇上一样服侍它，它却归了别人。一群麻雀，呼啦啦，像一排密集的子弹落到了田里，在田的另一头不停地啄食。她流下眼泪，她手中握着的不是自己亲手种植的稻谷。她弯下腰，哭出声来，她要土地回应她：这是你自己的土地。

她的腰把秋天的天空拉弯……

小未的保尔

16 岁那年的夏天，小未到金家庄度暑假。金家庄是小未的老家，她的爷爷、奶奶和一个叔叔还生活在那里。

那个暑假，小未计划读一部长篇小说，叫《钢铁是怎样炼成的》。小未读书，喜欢坐在老家屋后的小河边。小河边有高大的桑树，有翠绿的芦苇，有开着细小花朵的野蔷薇；翠鸟像箭一样在水面出没，大肚皮的青蛙在水草上开会，知了把明亮的衣裳挂在树干上……小未觉得，在这小河边读书最好，像冬妮娅坐在湖边。小未被《钢铁是怎样炼成的》深深吸引着。小未太喜欢保尔了。保尔把烟末撒在神甫家的面粉里，让小未笑破了肚皮；保尔一拳把维克托打在湖里，小未就禁不住叫好；保尔夺瓦西里的枪，小未就暗暗佩服保尔的勇敢；保尔跟朱赫来学拳击，小未就停住目光，想象保尔一身豪气的模样……

那天中午，小未正在看书，一阵响声吓得小未一惊，小未扭头一看，身后的地上跳着一条大黑鱼。一个细高个儿的男孩看着大黑鱼在地上挣扎。男孩手中拎着鱼竿。小未就站起来。小未认识男孩。男孩叫得宝。小未说："得宝！"得宝看着穿着洁白连衣裙的小未，一手挠着赤裸的胸脯，两只光脚对搓着脚丫，很不自在地"嗯"了一声。小未说："鱼是你钓的？"得宝低着头，轻声说："我没拎紧，它挣脱到地上了。"小未问："得宝，你该是高二了吧？我高一。"得宝弯下腰，去拎鱼，轻声说："我不读书了，初二就下来了。"小未问："为什么？"得宝说："我爸去世了，念不起，回来和妈种田。"得宝说完，拎起鱼，也不打招呼就走了。小未握着书，看着得宝的背影，想说什么，可是嗓子里发干。

得宝是小未童年时的好伙伴。得宝比小未大两岁。她和得宝一同来往学校，一天也不离开。小未跟着得宝，没有人敢欺负她。小未到三年级时，爸爸从乡里调到了县法院工作，小未也就到城里读书了。到了城里，小未就很少回老家了，一般是春节时才跟着父亲回来，在家也不会多待，三两天就走了。小未刚进城里时，一起玩的小朋友很少，小未常常想着得宝。有时想到自己在家时，看到得宝就莫名其妙地高兴，还悄悄地害羞。

小未知道得宝不读书了，心里很难过，就想找得宝好好说说话，她想最难过的还是得宝。可是得宝总是躲着她，不和她说话。

那天中午，小未又握着书，向河边走去。小未在屋后的小路上碰见几个小青年正围着得宝拉拉扯扯。原来，是外村的几个小痞子，带着气枪打村里人的鸡。一个痞子拎着一只打死的鸡，被得宝夺下了。几个人不服，正准备教训得宝，其中一个小痞子用气枪托捣了一下得宝。只见得宝顺势夺住枪托，用力一甩，那个痞子身子一偏，得宝就势一脚步，踹在他的胯上，把他踹倒了。另外三四个一起扑向得宝，得宝迅速弯腰，拾起地上的气枪，没头没脑地向他们砸去。地上的那个小痞子爬起来，扑向得宝的腿，得宝被摔倒了。紧接着，其中一个人，对着得宝的头，砸去一枪托，得宝挣扎了一下，没爬起来。那几个小痞子就四散逃窜了。

小未被这场面吓呆了。愣了好一会儿，小未才想起回家叫人。午睡的人们赶来时，得宝已经站起来，一手捂着头，一手摆动着说："不碍事的。"得宝指缝间的血冒出来了，往下直滴。

得宝从村卫生院回来，身边跟着小未。小未说："得宝，疼吗？"得宝说"不疼。"小未说："得宝，这两天你好好养伤，什么事也别干。"得宝说："我回去就要到稻田撒肥。不碍事的。小未，你先走吧。"小未说："在家养伤吧，我跟你在一块儿说话。"

到家时，得宝躺在大树下的席子上，小未就坐在他身边。小未说："得宝，你不读书了怎么办啊？"得宝说："过几天，我要出去打工的。"得宝说完，迷迷糊糊睡了。

那天晚上，小未怎么也睡不着，小未突然发现得宝多么像《钢铁是怎样炼成的》中的保尔：细而高的个子，挺直的鼻梁，端庄而有力的下巴，饱含着忧郁的大眼睛，还有坚强不屈的性格……小未的泪水打在摊开的书上，小未责怪冬妮娅：为什么要离开保尔，嫁给粗俗不堪的小官吏？流了一会儿泪水，小未又遐想起得宝的未来，得宝肯定会有出息的，保尔也没读什么书，不是照样成为优秀的红军战士吗？

得宝的伤还没完全好，就外出打工了。走的时候，小未不知道，得宝没和她打招呼。小未的心里空空的。没几天，小未就回县城了。

春节时，小未又回老家。小未没碰见得宝。得宝妈说得宝没回来。小未想得宝是在闯荡世界呢，得宝就是坚强争气。

高二上学期的某一天，小未的爸爸说："我们老家的那个得宝出事了。"小未一惊，爸爸递过一张《扬子晚报》说："三版，法制经纬栏，你看看。"小未接过晚报，进了自己的房间，才摊开报纸：今天上午，南京市鼓楼区人民法院对4·12抢劫案作出一审判决。金得宝、猴小三、刘二毛等分别被判处有期徒刑七年、六年、四年……

好长一段时间，小未一直把自己埋在各种课本里，只有这样，她才能忘记得宝。

那年的春天，一个晚上，小未的同学对小未说："今晚到我们住的地方去看电视吧，《钢铁是怎样炼成的》，中央一套八点半开始。"小未说："拍成电视了？"同学说："那还有假。"小未愣了一下，小未说："你们先走吧。"

小未没有去。小未走到校园北角的白杨下，伏在树干上，哭了。

这一年的小未，已经是法学院二年级学生了。

风云散

　　"风云散"是个小吃店，真是小：只能摆三张桌子，还不是圆桌不是方桌，是"火车座"，坐满了也就 6 个客人。好在常常客满，生意不错。店主在门前撑了一把太阳伞，伞下一张小方桌。

　　太阳伞下往往只坐着一个人：店主骆依然。一手夹烟，一手翻着晚报。不看报的时候，就看路对面的棕榈和芒果树。车来车往，全不在眼里，眼里只有树的影子。

　　店里忙碌的人，只一个，老公常子林，又做厨师又当服务员又当收银员，又招呼又赔笑又当采购员。忙的间隙，还会跑出来，对骆依然说，你呀，烟少抽些。骆依然把烟头朝着烟缸就要按下去，笑笑，你去忙你的。老公一转身，骆依然又轻吸一口。牙齿白得像水做的。

　　红鼻子老卢，青眼圈刘雨桦，蚊子腿梁一伟，三个男人，盯上了黄昏后太阳伞下的这位少妇。不坐里头，要坐骆依然的小方桌边。骆依然说你们自己拿凳子去。男人也不觉服务不周，自己拿了凳子。叫了几个菜，自己提了几瓶啤酒。红鼻子老卢叫骆依然撬开啤酒，骆依然叫老公来开。刘雨桦说："男人开酒，我们不喝。"骆依然说："不喝就吃菜，我家什么都是老公做，我什么都不会做。"这当儿常子林已开了啤酒，进屋了。三个男人刚才都注意了常子林：不足 30 岁，头发茂密，眉眼里还有小年轻的火花，比女主人至少要小三四岁；笑的时候，也是店小二一样谦和，不笑时，那眼神却不好捉摸，有点像沉默的子弹。三个男人用眼神传递了一下紧张，赶忙又笑了，很有风度地叫骆依然也来一杯。骆依然笑笑，摇头。三个男人就边喝边讲黄段子，骆依然一点儿不脸红，有时也跟着笑。三个男人就很满足。

时间一长，三个男人更放肆了。红鼻子老卢伸手去桌底下，搭上了骆依然的腿。骆依然说："老卢，是不是要吃红烧猪蹄——把你的手剁下！"声音不大，落地有声。红鼻子老卢瞧瞧屋里说："开个玩笑开个玩笑！"老卢是怕惊动男主人，那就不是玩笑了。

三个男人还是来，还是黄段子不断，但是动口不动手，不敢动。青眼圈刘雨桦问："骆老板，你们晚上住哪？"骆依然指指屋里，"住上头。"原来就住隔板上，难怪店门边竖着一个梯子。红鼻子老卢叹口气："唉，做小生意不容易的。"蚊子腿梁一伟说："夫妻创业，共建家园啦！"骆依然笑笑："睡哪不是睡觉。"骆依然知道三个男人的心思：假装同情，让她红杏出墙。三个男人都分别约过她去某处，她一个没答应。

这天，三个男人又带来一个男人，奔驰黄有贵。黄有贵是某公司高层干部，是这三个男人的朋友，奔驰黄有贵给了骆依然一张名片，话没多说，只问她要了手机号码，说改日请赏光喝咖啡。骆依然说万分荣幸。另三个人面面相觑，那意思是别装正经了，我们拿不下，不信有人拿不下你。女人最终是爱财的。

没几天，奔驰黄有贵真的叫骆依然去喝咖啡了。骆依然真的去了。黄有贵说，你是个有品位的女人，有品位的女人就要过有品位的生活。骆依然说：你打算给我品位？黄有贵说：直说吧，我喜欢你，你要什么条件？骆依然说："你有什么条件？"黄有贵说："三室二厅，一部好车，一年再给你 10 万块，行吗？"骆依然笑笑："黄总，谢谢你高看我，我要告诉你，这一切我都有过，而且比你说的要有品位得多，而且是在 10 年前……后来我进了监狱，就什么也没有了。至于为什么进监狱，恕不奉告。"

黄有财"啊"了一声，坐了下去，"听他们三个人说，你那个老公很……很一般，怎么回事?"

骆依然说:"他也是坐过监狱的，当过黑社会的小头头。我们同时出狱的，是在出狱回家的火车上认识的。当时，我们互相瞒着。回家后几个月，他先跟我说了他的经历。我比他大几岁，他说我们还要论年龄吗，有些人一辈子就是一辈子，有些人一辈子活了别人几辈子的经历了。我们什么都有过，也什么都会有。"

黄有财说:"那么，你今天来——?"

骆依然说:"来喝咖啡呀。黄总，你说的品位我也想有，可是我知道一个人什么都想有就会什么都没有。你说呢?"

黄有财说:"对不起，骆依然，这实在是一个恶作剧。是他们叫我来试探你的。"

骆依然也笑:"黄总，我也是来试探你的，如果我没记错的话，你也曾进过监狱，只是比我早一年，犯事前，你是公司老总，我是另一个公司的业务员，因为业务上的事我找过你，你帮了我大忙，我一直记得你……可惜，后来，我走上了歧路。黄总，你出狱后又有了成功的事业，我佩服你，也愿你能珍惜。"

骆依然说话时，黄有财不断地说"是吗是吗?"像在梦里。

后来，黄有财，红鼻子老卢，青眼圈刘雨桦，蚊子腿梁一伟他们四人在风云散聚了一次，桌子还是拼起来的。等菜全做好了，才开席，因为老公常子林也加入了。那天，酒喝得不多不少，只是常子林喝多了点，子林大着舌头说:"各位兄弟，你们不知道，别看依然什么都不会做，没有她，风云散真的就散了。"

蜗牛天使

　　我想学凫水。我8岁了，还不会凫水。我奶奶不让我跟人家学凫水。有一次，德光叔抱着我在水里刚凫了一会儿，我奶奶就找到河边，她把德光叔狠狠说了一回。奶奶说，德光，你几十岁的人了做事也不动脑子，小镜爸妈都在外头，把这个宝贝蛋给我看着，要是出了什么事，我怎么交差！德光叔红着脸说，我又不会害他，是他自己非要我教的，好了，以后不教了。我奶奶叫我上了岸，折了一根树枝就抽我，边抽边问：下次还敢不敢下河凫水了？奶奶从没这么狠心地打过我，就是我把她戴了几十年的手镯拿去和货郎换了一小块麦芽糖，她也没舍得打我。我哭着说，奶奶，我再不下河了。奶奶把我身上抽得青一块紫一块的，又揪着我的耳朵去找那些打工回来的男人，奶奶对那些男人说，你们不要教小镜学凫水啊。那些男人说，不会的，我们家的孩子也不让下河的。

　　这几年，我们村里有两个男孩淹死了，旁边的村里也有小男孩淹死了，都是因为大人在外打工，没人伴着玩出了事的。大人出去打工，就留着我们这些小孩陪着爷爷奶奶，走时都会交代在家的人：不要让孩子下河凫水啊。现在，村里十几岁以下的没几个会凫水。

　　奶奶不让人家教我凫水，我还是想凫。我想，一个男孩子不会凫水多么丢人啊。我站在门前的小河边，看着水牛把整个身子浸在水里，往这边

152　少年梦·青春梦·中国梦——中国故事
［王　往］捉鱼小孩

一滚往那边一滚，小鱼在它拱起的波浪里翻跟头，银白的身子一闪一闪。我想我要是一头小水牛多好。水面上一只只水蜘蛛，针一样细的脚支撑着圆圆的肚子圆圆的脑袋，可是跑得飞快，得意洋洋地你来我往，小河的水好像是它们织出的网。我想我要是一只水蜘蛛多好。更远的地方，野鸭子飞起又落下，游着游着，一个猛子扎下去，在菱角的白色花朵里露出灰色的脑袋。我想我要是一只野鸭子多好。

总是在我对着小河出神的时候，我奶奶就来了。奶奶先是骂我，然后又拉着我的手哄我。奶奶说，乖，奶奶的宝贝蛋子。回家去。回家了奶奶给你买冰棒吃。不要老想着凫水啊，河里有水鬼的。

我不想吃冰棒，也不怕水鬼，我就想凫水。

白天，奶奶看着我，到了晚上，我还想着凫水。我站在水缸边，看着水底的星星，真想像它们一样跳进水里。奶奶催我睡觉，让我和她睡一头，我不愿意。我想你又不是水不是小河。我睡在奶奶的脚头。奶奶叹息了一声，就拉灭了灯。

就在这个晚上，我学会了凫水，品尝到了在水里畅游的快乐。

奶奶的鼾声响起时，我听到有个声音在轻轻叫我：小朋友，你是不是想凫水呀？我也轻轻回答，是呀，你是谁？那个声音说，我是蜗牛天使，跟我走吧。

我下了床，到了门外，果然，一只美丽的蜗牛在等我。美丽的蜗牛对我说，我给你一个大大的游泳池，好吧。就完，它两只长长的触角往壳里一收，我的眼前就出现了一个宽大的游泳池。那水好清呀，星星们争先恐后地往里跳，大树小树也在里面练习起了倒立的功夫。我刚伸进一只脚，清凉的水一下子就浸没了我全身，我听到皮肤快乐得叫起来。这时，游来一只大乌龟，它叫我趴在它的背上，它说，我教你凫水。大乌龟驮着我，我双手不停地划着，双脚不停地拍打着。水花里，一群群小鱼、一只只水蜘蛛上蹦下跳，大声地叫着"加油加油"。突然，大乌龟往下一沉，我一阵慌乱，可是我没有下沉，还在凫着。我越凫越快，高声叫着：我会凫水啦。

我们学校的体育老师来了，他朝我招手。我凫到岸边，抹了一把脸上的水。我说，老师，我会凫水了。老师说，好啊，小镜同学，乡里要举行中小学生运动会，我们报了田径乒乓球单杠双杠等等项目，就是没有游泳啊，现在的孩子没几个会游泳的，这下好了，你跟我去吧。我说，老师，我再练习练习，我一定要得第一。老师笑了，我一头扑进了水中。

　　"咚"，我撞到什么了。

　　一只手在我头上揉着。我躲着，不疼不疼，我要凫水！

　　天亮时，我在水缸边看到一只空空的蜗牛壳。我捡起来。乌溜溜的蜗牛壳上有一个小洞。

　　我伤心地哭了。我说，蜗牛天使，对不起，我撞坏了你。

　　我奶奶在一边笑起来：孩子，这哪是你撞的，你昨夜撞在床靠背上了。

秋风里的泥瓦匠

大厦快竣工时，秋天到了。

泥瓦匠喜欢秋天。他常常站在脚手架上向着西北的天空出神。他的家在这个城市的西北方向。他想象着稻谷、黄豆、山芋和向日葵的模样，恨不得手里的瓦刀变成镰刀。

十来天过去了，大楼终于竣工了，可是工友们没领到工钱：建筑公司的老板躲了起来，副手出来解释说，大厦所属单位资金还没到位。

工友们一下子感到了秋风的寒凉。他们找谁都没用，都说老板不出面没办法。

一晃几天过去了，秋风好像一天比一天凉。

泥瓦匠说："不行，我等不下去了，我要回去收庄稼。"

工友们说："你头脑有毛病呀，庄稼值几个钱，你这一年工钱怕抵你三季庄稼呢。"

泥瓦匠说："这我知道，可是，我还是想回去收庄稼。"

一个年轻的工友怕他真的要回家，说道："都像你一样走了，谁在这里要钱呢？谁回去，我们要回的工钱就没他的份！"

"对，谁先回去，要回的工钱就没他的份！"其他工友纷纷斜眼看他。

可是，这个叫天丰的泥瓦匠还是悄悄走了，趁着大伙睡着时，去了汽车站。

泥瓦匠到了家乡，秋收已经开始了。秋风吹动着他结着砂浆的衣角，他急切地奔向自家的田头。

老婆一开始并没问他带回了多少钱，只是心疼他，说他黑了瘦了，给他煮了一只肥大的母鸡。他匆匆吃了几口就说，饱了饱了，我去磨镰刀，磨好了刀，明天一早就去收豆子。我去田头看了，我们家的稻子豆子都熟了，先收豆子吧。他蘸着清水，在光滑的石头上磨着月牙形的镰刀。女人一边搓着草绳，一边看着他，心里更加心疼他了。

第二天一早，泥瓦匠和他的女人，拿了雪亮的镰刀，走向了田野。

泥瓦匠割得快，女人割得慢。女人割了一会儿说："他们心咋那么黑呢？盖那么大房子有钱，咋就不发你们那一点工钱呢？"

"可能是真的没钱，盖房的单位欠了工程队的，过一段时间说不定就有钱了。"泥瓦匠安慰着他的女人。

女人说："那一收完庄稼，你就去。"

"去。收了豆子，再收稻谷，一收完我就去。"说完，弯下腰，拼命地挥动镰刀，豆秆咔咔响成一片。

女人说："你不要这么辛苦，这些活，我能干得了，春天时，你没在家，插秧，种豆子，不也是我一个人么？我就怕去迟了，人家拿了钱跑了。"

"他们跑不了！"泥瓦匠用镰刀狠狠地砍向一个土坷垃。

"你怎么断定人家跑不了？"女人终于忍不住对他的责怪了。

他没办法回答女人这句话。

女人割了几把豆子又说："唉，我就是担心人家拿了钱跑了，你吃的那么多苦不是白吃了？"

泥瓦匠停下来，慢慢转过身来，说："我也担心啊，可是我实在想和你一起收庄稼。"说了这话，泥瓦匠的眼里布满了泪水。

当晚，泥瓦匠收割到了深夜，月光里的豆子心甘情愿地倒在他的脚下。

然后，他又去了稻田。低垂的稻穗在秋夜的风里轻轻摇摆。他站了好久。"我等不及收割你们了，我要去讨工钱。"他对着稻子说话。

　　泥瓦匠又到了工地。工友们惊诧了一阵后，纷纷来问他秋收的情况。

　　他说："家里很好，收成也好，可是要钱是大事。"

　　泥瓦匠在他原来的床铺上坐下，整理行礼。他打开编织袋，拿出一把刀来，工友们看到的并不是他做手艺的瓦刀，而是一把月牙形的镰刀。

活着的手艺

　　他是一个木匠。

　　木匠里的天才。

　　很小的时候，他便对木工活儿感兴趣。曾经，他用一把小小的凿子把一段丑陋不堪的木头掏成了一个精致的木碗。他就用这个木碗吃饭。

　　他对着一棵树说，这棵树能打一个衣柜、一张桌子。面子要多大，腿要多高，他都说了尺寸。过了一年，树的主人真的要用这棵树了，说要打一个衣柜，一张桌子。他就站起来说，那是我去年说的，今年这棵树打了衣柜桌子，还够打两把椅子。结果，这棵树真的打了一个衣柜、一张桌子，还有两把椅子，木料不多不少。他的眼力就这样厉害。

　　长大了，他就学了木匠。他的手艺很快就超过了师傅。他锯木头，从来不用弹线，木工必用的墨斗，他没有。他加的榫子，就是不用油漆，也看不出痕迹。他的雕刻才显出他木匠的天才。他雕的蝴蝶、鲤鱼，让那要出嫁的女孩看得目不转睛，真害怕那蝴蝶飞了，那鲤鱼游走了。他的雕刻能将木料上的瑕疵变为点睛之笔。一道裂纹让他修饰为鲤鱼的眼睛。树死了，木匠又让它以另一种形式活了。

　　做家具的人家，以请到他为荣。主人看着他背着工具朝着自家走来，就会对着木料说："他来了，他来了！"

是的，他来了，死去的树木就活了。

我在老家的时候，有段时间，常爱看他做木工活儿。他快速起落的斧子砍掉那些无用的枝杈，直击那厚实坚硬的树皮，他的锯子自由而不屈地穿梭，木屑纷落；他的刻刀细致而委婉地游移……他给爱好写作的我以启示：我的语言要像他的斧子，越过浮华和滞涩，直击那"木头"的要害；我要细致而完美地再现我想象的艺术境界……多年努力，我未臻此境。

但是，这个木匠，他，在我们村里人缘并不好。

村里人叫他懒木匠。

他是懒，除了花钱请他做家具他二话不说外，请他做一些小活儿，他不干。比如打个小凳子，打扇猪圈门，装个铁锹柄……他都回答：没空儿。

村里的木匠很多，别的木匠好说话，一支烟，一杯茶，叫做什么做什么。

有一年，我从郑州回去，恰逢大雨，家里的厕所满了，我要把粪水浇到菜地去。找粪舀，粪舀的柄坏了，我刚好看见了他，递上一支烟：你忙不忙？他说不忙。我说，帮我安个粪舀柄。他说，这个……你自己安，我还有事儿。他烟没点上就走了。

我有些生气。

村里另一个木匠过来了，说："你请他？请不动的。没听人说，他是懒木匠？我来帮你安上。"这个木匠边给我安着粪舀子，边说走了的木匠："他啊，活该受穷，这些年打工没挣到什么钱，你知道为什么？现在工地上的支架、模具都是铁的，窗子是铝合金的，木匠做的都是这些事，动斧头锯子的少了。他转了几家工地，说，我又不是铁匠，我干不了。他去路边等活儿干，等人家找他做木匠活儿，有时一两天也没人找。"

我说："这人，怪啊。"

我很少回老家，去年，在广州，有一天，竟想起这个木匠来了。

那天，我躺在床上，想着自己的事，一些声音在耳边聒噪：

——你给我们写纪实吧，千字千元，找个新闻，编点故事就行。

——我们杂志才办，你编个读者来信吧，说几句好话，抛砖引玉嘛。

——你给我写本书，就讲女大学生网上发帖要做"二奶"的。

我什么也没写，一个也没答应。我知道我得罪了人，也亏待了自己的钱包。我想着这些烦人的事，就想到了木匠。他那样一个天赋极高的木匠，怎么愿意给人打猪圈门，安粪舀柄？职业要有职业的尊严。他不懒，他只是孤独。

去年春节我回去，听人说木匠挣大钱了，两年间就把小瓦房变成了两层小楼。我想，他可能改行了。我碰见他时，他正盯着一棵大槐树，目光痴迷。

我恭敬地递给他一支烟。我问他："你哪儿打工？"

他说："在上海，一家仿古家具店，老板对我不错，一个月开5000元呢。"

我说："好啊，这个适合你！"

他笑笑说："别的不想做。"

命 运

薄暮时分，多情的诗歌爱好者迎来了抒情的黄金时间。随着夕阳的下坠，或淡或浓或喜或忧的诗情便在他心里氤氲开来。

暮归的牛/一声长哞/唤出一轮明月/父亲的烟锅里闪着一颗小星/我的诗行哟/弯弯曲曲的流淌……

诗歌爱好者继续往下写的时候，他的父亲还真的如诗中所说牵着牛，衔着烟斗进了院子。父亲把牛拴好。牛槽里盛满了青草。牛大口的吞食唤起了父亲的饥饿感。父亲嗅一下鼻子，立马有饭菜香扑来。父亲走进灶屋，果然饭已烧好。灶台上放着两盘炒好的菜：蛋炒韭菜、土豆炒青椒。只是土豆切得太粗跟小拇指一样。父亲笑笑，捏一根土豆丝放进嘴里，有滋有味嚼着，心头暖融融的。遂端了菜，拿了酒，要叫儿子一起喝两杯。

儿子正投入地在纸上沙沙舞着笔。父亲不忍心打断。只是把嘴呷得很响，把菜嚼得很细，以此来表示他对儿子割牛草、做饭的欣赏。

儿子写好诗，抬头，见父亲一脸满足很滋润的样子，就一阵欣喜，拿了稿子，凑上去，大，我念给你听听？

父亲微笑，点头。

儿子念道：我闻到了泥土的清香……

父亲一皱眉，酒杯停在了唇边，瞎扯，我种了一辈子田也没有闻出泥土有什么香味，泥土里拌着屎呀尿的，还香？要香，泥土不也可装进蛤蜊里当搽脸油卖？还用长什么庄稼？

儿子知道对父亲讲什么诗化的感觉没用，就问：那泥土是什么味儿呢？

父亲说：泥土是汗水泡过的咸腥。

儿子点头，父亲瞥了一眼，目光里晃着得意。

儿子又念了一句：农人的希望随着麦苗拔节……

父亲的酒杯不轻不重磕着桌角。拔节就有希望了？要买了假化肥、假农药白忙。昨儿那"喷施宝"用了我也担心，去年喷了就没管用，叫你买时换个牌子你又忘了……

儿子想说不管怎样总要有希望嘛，可见父亲叹着气，就试着用下句讨他欢喜：收割的日子笑声一片金黄……

父亲边夹菜边说，怕只怕那几天连阴雨哩。

儿子的心情就复杂起来，仔细想想父亲的话，竟辨不出是对是错。

儿子草草吃了晚饭，便又拿起笔去改稿。

儿子修改诗作时，父亲在修理农具。

儿子觉得改得很满意了，说，大，我再念给你听听。父亲却说，儿啊，你来看看大农具还有没有毛病……

儿子觉得很无趣，有些委屈，有些生气，毛杆在桌上重重一磕，伤心极了，眼圈泛潮。

父亲一怔，继而叹气，继而讪笑。他放下农具，却又不知做什么好。

父亲见儿子摊开右手掌，一脸凄然地看着。便挨上去。儿子的手心有一个血泡，紫色的小花一样。父亲知道那是儿子白天割草时镰刀柄磨的。儿子可从没吃这么大苦呀。父亲心头一酸，便情不自禁地伸出手，抓起儿子的手，拉近脸，又拉近些，父亲的泪水滴在了儿子的手心。父亲说儿啊，明儿去谷庄三神仙那儿看看手相去，该写诗，就写诗，大，供得起你；该种地，就种地，不会种，大，教你……儿子便伏在父亲的肩头哭了。

夜深人静，父亲的咳嗽，牛的反刍，在儿子的思索里起起伏伏。

少年气息

少年画画很不错，留着一头乌黑油亮的头发。少年相貌平平，让他感到自豪的，就是自己的画和一头长发了。少年喜欢穿一身牛仔服，手插在裤兜里，昂首挺胸，不时甩动一下长发。少年走在村里，觉得自己很特别。少年不知道村人指着他的背影窃窃议论什么，也不在乎别人怎么看他。

少年的父亲很厌恶少年的长发，叫他剪短，少年不理睬，父亲就吼道：再不剪，把你头也砍下来！少年甩一下长发，倔强地一笑。

少年睡着时，父亲就拿起剪刀，剪下了少年的几撮头发。惊醒的少年大怒，继而大哭。父亲说：这下看你剃不剃掉！

第二天，少年从镇上理发店往回走时，碰上了村里的女孩阿忆。阿忆吃惊地说：你怎么把长发剪了？少年不做声，低下头。阿忆这才注意到少年的眼圈红红的，便说：唉……头发像韭菜，很快就会长出来的。

少年心一暖，便动情地看她。阿忆的目光，竟也是烫人的。阿忆含羞一笑，跑开了。

"头发像韭菜，很快就会长出来的"少年躺在床上，想着阿忆的话，露出了甜甜的笑。梦里，少年又是长发披肩了，且听见一个女孩的声音：我就喜欢你的长发……

少年的头发长得真快，就像是韭菜。

"我就喜欢你的长发。"这不是在梦里，是在银色的月光下，在静静的小河边，在晚风吹拂的垂柳旁，阿忆依偎在少年的胸口说的。

可别人不喜欢，说留长发流里流气。

我不要别人喜欢，我一个人喜欢……

但阿忆家人也厌恶少年的长发。阿忆说：他留长发，关你们什么事啊！母亲就打了她一个耳光。

把它剪了吧。阿忆抚弄着少年的长发，凄然劝道。

不，我不剪！少年很执拗。

剪短吧，短发我也喜欢。阿忆声音颤抖。

不是你喜欢，是为了让他们喜欢。我偏不让他们喜欢，我就这个样子。

少年走了。少年披了头长发，走出了小村，到城里打工。几年后，他不再是少年。他的画技，使他得以在一家广告公司立足，并由蓝领变为白领。他依然是一身牛仔服，一头长发。好多姑娘青睐他，说他有个性，说他的长发"好酷哎——"

他开始谈恋爱，但每一次恋爱都很短暂。他很伤心。他发现，他一直引以为豪的长发仅仅被视为爱情的一种点缀。小姐们需要他更重的筹码：轿车、别墅、信用卡……他的长发不过是美丽的鸟羽，而女孩们贪恋着鸟的整个森林。他想起了阿忆，那个纯朴的仅仅因喜欢他的长发就献爱情于他的阿忆。

他徘徊在街头，正值春夜，细雨飘洒。他湿漉漉的长发，在滴着愤怒而无奈的泪水。

他走进了理发店。男理发师和他一样，留着很长的头发。

理发师说：你这长发多帅，剪了太可惜。

他说：但我想剪，现在。

理发师：你看，我这头跟你一样，留着长长的头发。

理发师说：你这长发多帅，剪了太可惜。

他说：但我想剪，现在。

理发师说：你看，我这头发跟你一样，我老婆说她就喜欢我这样，不让我剪短。

　　他问：要是你老婆让你剪短呢？

　　理发师说：不会的，她就喜欢我这样。

　　他说：不过，我要把这长发剪了……

　　走出理发店，他才注意到店门边灯箱上一闪一闪的几个字：

　　阿忆发屋

　　他呆立了好久，在细雨中。

　　"头发像韭菜，很快就会长出来的。"他仿佛又听见一个女孩的声音，但他已辩不清方向。

铁皮棚上的风车

车荣搬到了乐山苑，3 号楼，2 层。房东是个胖女人，脸上的肉把一张嘴挤成了一个烂桃子，红艳艳圆嘟嘟。偏偏话多，吧嗒吧嗒不停。

"我这房子大呀，在别的地方至少要 600 块，"胖女人拉开窗子，向外指着，"就是这平台上晦气嘛……"

平台上搭着一个铁皮棚子，占了平台的一半面积。棚子的墙，底半截是砖头，上半截是钢筋焊成的，锈得黑透了。车荣倒看出一丝趣味来：每一根钢筋上都绑着几个风车，一面墙上就有一百多个，五彩缤纷。棚顶上是石棉瓦、镀锌铁皮，棚子里头又用木板隔成两部分，后头有纸板、木板挡着，看不清什么，前一部分没什么挡的，支着两口锅，锅边堆着一些木柴。胖女人指点着铁皮棚子说："平台上搭着这么个东西，烟熏火燎的，邻居们的房子租金哪里上得去，全楼上下就数这家最无赖。"

车荣想租这房子就是图便宜，没必要挑刺，另外他不喜欢碎嘴的人，就打断了胖女人，说好吧，反正房租已经讲定了。

这时候，一阵风起，铁皮棚子上的风车滴溜溜地转起来，风也成了彩色的。车荣笑起来。胖女人说，"这都是范大傻家的傻女儿扎的，你不知道吧，这家一家三口都傻里傻气的。"

车荣感觉胖女人有些像自己老家村里的长舌妇，就收拾起房间，不理她了。

胖女人只好走了，到了门口又丢下一句话："没事别打开窗子。"

车荣在一家电视台做美编，平时也创作一些美术作品。下了班，他喜欢坐在窗前，琢磨琢磨艺术上的事。

一连几天，下了班，他都看见平台上坐着一个女孩，十七八岁的样子。女孩的面前放着一个竹篮，竹篮里一些花纸片。女孩把这些纸片折来折去，剪剪裁裁，就做成了一个风车。女孩把墙上的旧风车换下，扎上新的。偶尔，车荣会和女孩的目光相碰。女孩没有任何表情，目光呆滞。风车转起来时，女孩就又跳又唱。女孩唱的是：风车那个溜溜地转，哥哥带我去大海边。只有这两句，女孩反反复复地唱。棚子里，那个胖老头，大概是女孩的父亲，一回来，就光着脊梁劈木材。

胖女人房东又来了。烂桃子一样的嘴又开始吧嗒了。

"小车，你怎么开着窗子呀，这家人会到市场上拾些死鱼烂虾老菜帮子回来，哎呀，那个怪味，你没闻见？"

车荣说没有呀。

胖女人又说："你知道么，这家人，男的在一个厂里看大门，女的呢也早下岗了，什么也不会，成天就去菜市场拾些死鱼烂虾老菜帮子，就一个女儿，还是傻子，听说是小时候得了脑膜炎没治好。这房子是市里分的低保房，才五六平方，老家伙嫌房子小，就开了一个门，连着门外搭的棚子，哎呀，要多龌龊有多龌龊。"

车荣假装没听见，胖女人还在说："当时，居委会不准搭，说是公共场地。老家伙不听。后来那个傻女儿的姑妈、舅妈来了，出了一个馊主意，对傻女儿说，居委会人一来，你就脱光衣服和他们闹。傻女儿就听了。居委会的人一来，她就脱衣服。居委会没了办法，不管了。这就把我们2楼几家害了。"

车荣连声说"噢"，脸上却是不耐烦的，对胖女人说，到了缴房租时，我会通知你来，平时我有很多事的。胖女人到了门口，又丢下一句话，"别开窗子。"

这一天，车荣回到住处，发现写字台上有一个风车。哦，窗子没关严。车荣想定是那个傻女丢进来的。车荣就推开窗子，铁皮棚上一个个的风车正转得欢。傻女还在唱：风车那个溜溜地转，哥哥带我去大海边。等他唱完了，车荣叫她："哎，小妹妹。"

傻女看过来。车荣摇着风车："谢谢你。"

傻女傻傻笑着，突然一转身，跑进了铁皮棚。

车荣的心情很好。

一晃几个月过去了，这阵子，街边的小店小铺都在拆，居民的防盗窗也在拆，听说是有一场全国性的运动会要在这个城市举办，市容市貌要大整改。

车荣看到铁皮棚里钻出两个女人，傻女的爸爸对傻女说："这是姑妈。"傻女叫："姑妈。"傻女的爸爸又说："这是舅妈。"傻女叫："舅妈。"姑妈说："阿椰，你们家这个铁皮棚要拆了。"舅妈说："阿椰，拆了你们家就不够住，要在屋里烧饭了。"姑妈说："要是有人来拆，你就脱了衣裳跟他们闹。"舅妈说："对，脱了衣裳跟他们闹。"傻女只是点着头。

车荣想，这是什么主意呀！关了窗子，拉上了窗帘。

那天，车荣加班，夜里十一点才回来，打开窗子，平台上的铁皮棚子已经没有了。

第二天下班回来，车荣听见窗外有人说话。

"我没在家，我要在家就和他们拼命。"这是傻女的爸爸。

"阿椰，你怎么不和他们闹呀。"一个女人说。车荣想不是她姑妈就是舅妈。

"是呀，脱了衣服和他们闹呀。"又一个女人说。

"我不想脱，我怕人家笑话我。"是傻女。

"谁会笑话你呀？"

"那个房子里住着一个大哥哥。"

车荣没敢开窗子。他想那个叫阿椰的傻女一定指着他的窗子。虽然，她的目光是呆滞的，他也不敢去看。

两个女人又去安慰傻女的爸，说，将就着住呗，等什么运动会过去了，我们再买点材料给你搭起来。

傻女又唱起歌来：风车那个滴溜溜地转，哥哥带我去大海边……

车荣的眼睛湿了。

捍　卫

　　陆萍第一次站在我面前时，我心头一惊，她是我每天都在垃圾中转站碰到的那个女孩？那个文风清丽而又诙谐的作者会是个收破烂的？没等我问她什么，陆萍就递过稿子说，我来没事儿，就为省个邮票钱。我接过稿子，让她坐下，她说还有事儿，就告辞了。

　　那个上午，我心中一直是波翻浪涌。做编辑几年来，我用了陆萍数十篇稿子，很受读者欢迎。我还经常从其他报刊上读到陆萍的文章，每一篇都显示出她独有的才情。作为一个单身男人，我常常通过陆萍的文字去想象她的容貌、性情，幻想着能与她发生一点故事。陆萍今天来了，她的确很美，一双明眸，文静中透出几分俏皮，精巧的鼻翼，丰润的嘴唇，黑绸连衣裙将略显消瘦的她衬出端庄、妩媚。这样的女孩在我的想象中应该是在公园小径上漫步的形象，在咖啡厅里静坐沉思的形象，在电脑前如弹钢琴一样敲击着文思如泉的形象……怎么能是个收破烂的呢？

　　下班时，我又经过垃圾中转站，留意着。陆萍却先叫了我，她已经换下了去报社穿的黑绸连衣裙。裤子、褂子上污迹斑斑，解放鞋上脏得连鞋扣也看不见了。脸上也有一道污迹，正顺着汗水扩散。她一手还搭在三轮车把上，车上堆着饮料瓶、破塑料、废铁丝等，苍蝇圈着乱叫乱飞。陆萍用手背轻轻揩一下下巴上的汗水，下巴就又黑了。她把一缕贴在面颊上的发丝往耳后一捋，笑说："不像个写作的吧？"我不知说什么好。陆萍又说，环卫工清理垃圾时，把能卖的都拣出来，到这儿就卖给我，我再拉到收购站去卖，收入还可以，每天都能挣个三五十块的，有了钱，就有了饭吃，有了书看。她说得那样轻松，我心里却想，一定很苦很累很无奈。我约她，得闲去报社玩玩，好好聊聊。

通过和陆萍的进一步交往，我才知道她比我所想的活得更难，父亲早逝，母亲下岗，弟弟正读高中，一家人全靠她一个人支撑着。陆萍说，我多想像一片水上的绿萍顺流而去，漂泊到这个世界的另一地方，寻找我要寻找的那份洒脱那份清静那份纯美，可是，我只能在世俗的陆地上奔走，所以我取得了笔名"陆萍"。沉默了一会儿，陆萍又恢复了她文中那俏皮的性格，唱了《心太软》中的一句："把所有问题都自己扛……"然后，咯咯地笑了。我问她，你的将来一定设计得很美吧？她说，我不知道你指的哪一方面，在我心里，将来只有一盏灯火在前面闪烁，那就是文学，只有文学最神圣，值得我去追逐……我说，陆萍，你会成功的。

后来，陆萍的一篇短篇小说在一家有影响的刊物上一年一度的评奖中获得了一等奖。当地的报纸发了消息、通讯，市电台《文化人》栏目对她进行了专题报道，省电台《每周茶座》栏目邀她做了次嘉宾。陆萍很是风光了一阵。周围的人都惊讶起来：那个在垃圾中转站倒卖破烂的女孩是个作家呢。但这一切对陆萍的命运并没有任何改变，陆萍依旧收着破烂。

有段时间，我经过垃圾中转站时未碰见陆萍，心中便升出一些惆怅。好多天后，陆萍又寄来一篇稿子，还附了一封短信。信中说她去了南京栖霞，在一家废品铺里打杂。

利用一个去省城开会的机会，我去了栖霞，找到了陆萍。陆萍正在废品铺前，把捆好的纸板往高处码着，汗水浸透了她的衣裳。我问她为何外出打工，是这儿收入高，还是活儿轻？陆萍说收入不高，活儿也不轻，没有在家收破烂划算。我说凭你的创作成绩，找文联或宣传部帮忙可以找个工作安心写作，干吗非出来受苦。陆萍说，我从来不认为自己命苦，也从不自卑，尴尬的正是我写作有了点名气，别人都说作家还收破烂呢，我必须离开我生活的地方，我不能因为我的命运凄苦，让人瞧不起文学啊！

捉鱼小孩

那个小孩揉着眼，走到门外。走到门外，撒尿，揉着眼。

那个小孩转身，又揉揉眼。那个小孩看到门槛上坐着他的母亲。他的母亲双手抱头，支在膝盖上。

那个小孩也坐到了门槛上，倚着他的母亲："妈，肚子饿了，做饭吧"。他的母亲抬起头，看也不看他一眼。那个小孩就贴紧他的母亲，晃了晃身子撒娇："肚子饿了，饿了……"他的母亲扭过脸，那脸黄得像老菜皮，眼上有一块青斑，目光透出冷漠和凶狠："死过去！"那个小孩心一抖，吓得站起身，又怕又委屈。那个小孩流着泪向村外走去。

那个小孩想起昨晚他的父母又打了一架，但他不知道他的母亲是多么伤心。他的母亲当年被他的外公逼着嫁给了他的父亲，他的外公收了他的父亲三千元彩礼。三千元彩礼是他父亲的家人东挪西借的。他的父亲家其实很穷，而且他的父亲很懒，还赌钱，酗酒。他的母亲嫁给他的父亲后，连生了两个孩子都是痴呆儿。他是第三个。他发育正常，但也看不出有多聪明。

那个孩子不知道，他的母亲一夜没睡，就坐在门槛上。

那个孩子不知道，他的母亲已绝望。

那个孩子一直向村外走去，走在夏日的晨雾里。那个孩子6岁。

那个孩子在村外的大水塘边站住了，那个孩子听到河对岸一声巨响。

河对岸连着一片麦茬地，两天前的一场大雨让麦茬地里积了水，田头的水正将田埂冲开一条豁口哗哗地往大水塘流着。一条鱼耐不住水塘的烦闷，顺着那水流冲了上去。那条鱼很快就后悔了，田里的水只有两三寸深，它气得一纵身子，击打出一声巨响。

那一声巨响引来了那个孩子。

那个孩子走进水田，看到那是一条大鱼。那个孩子不知它有多重，只看出它跟自己的身体差不多长，鱼头像饭碗一样大。

大鱼很快也发现了那个孩子，它慌张地向前扑腾，只有两三寸深的水使它不得不侧着身子。

大鱼一口气蹿到麦茬田的另一端，另一端是高高的田埂。大鱼无法越过，大鱼当机立断掉过身子。

大鱼掉头的当儿，那个孩子已蹚着水跑了过来。那个孩子伸手按它，大鱼尾巴狠命一扫，将那个孩子击倒在水中。大鱼又扑腾着逃窜。那个孩子爬起来，追了上去，又一次向它扑去，但只压着了大鱼的尾巴，大鱼轻易脱逃，那个孩子啃了一嘴泥水。

大鱼再一次向着水塘的方向逃窜。那个孩子从泥水里爬起，一路追去。

大鱼到了水塘边，孩子已赶到它的前头，挡住了那个豁口。大鱼停下来，准备歇息一下，作最后冲刺——在水田里周旋，即使那个孩子制服不了它，也会有大个头的人赶来。大鱼正思虑间，那个孩子已再一次扑向了它，大鱼被他的身子压进淤泥里。大鱼一扭动，那个孩子翻到一边去，但是那个孩子趁势抱紧了它，大鱼被搂得喘不过气来。那个孩子再次把它压到身底下。

那个孩子死命将它往淤泥里按。

大鱼几经重创，精疲力竭，已没有了招架之力。那个孩子松开手，坐到它的身上。那个孩子的肚皮被大鱼的背鳍划了几道血口子。那个孩子脱下裤子，将裤脚打了个结，就骑到大鱼身子上，那个孩子撑开裤腰，先套住了大鱼头，大鱼一慌张，竟钻进了裤腿。

那个孩子收拢裤腰拖着它，出了水田；拖着它，走向村庄。

那个孩子到了家里，他的母亲还坐在门槛上。

那个孩子说："妈，鱼！"他的母亲看见他浑身尽是淤泥，脚上，腿上，"小麻雀"上，肚子上，脖子上，脸上，头发上。只有眼睛透出黑黑的亮。这时，裤子里的大鱼再一次挣扎，将裤子甩脱了，在地上蹦跳起来。他的母亲惊讶起来，好像不认识鱼似的："鱼?"那个孩子激动得结巴："鱼……我逮的……在……水……水田里……"他的母亲一下子就抱住了他，在他的满是淤泥的脸上亲着。他的母亲好久才放下他，他的母亲也是一脸淤泥了。

那个孩子这下平静了，"妈，大鱼能卖大钱"。他的母亲说："不卖，孩子，妈做给你吃！"又说："妈做给你吃，孩子，不卖。"他的母亲拿出洗衣桶，说要把鱼装进去。那个孩子说："我抱我抱。"小孩蹲下，抱起鱼，扔进了水桶。他的母亲说："孩子，妈打水给你洗澡。"

他的母亲去屋里拿毛巾时，顺便把兜里的农药瓶掏出来，放到了一个破柜子底下。

那个小孩的父亲还在呼呼打鼾，脚头横着两个痴呆儿。他的母亲笑着自语："睡死你。"

书商秦卫年

菱角村出去打工最先发大财的是秦卫年。

秦卫年生下来时，是豁嘴，医学上叫唇腭裂。七八岁时去武汉一家医院做了手术，缝好了，但说话仍不清楚，鼻音很重，镇上人还是叫他"豁子"。十岁那年，秦卫年又患了小儿麻痹症，没治好，成了瘸子。秦卫年读书却是一块料子，成绩总是顶呱呱。上完初中后，人大了，有了自尊心，怕人嘲笑他的生理缺陷，就死活不肯再上学了。不读书后，秦卫年就在生产队放鸭子。放鸭子不是轻巧活儿，风里来雨里去，沟沟坎坎跑。放鸭子没少挣工分，秦卫年却连一件好衣服也穿不上。他家是哥嫂当家，哥嫂把秦卫年当傻子，除了叫他做事情，生活上的好坏却从来不管。一年春节，秦卫年要做一件衣服，哥嫂左推右推，直到除夕，新衣服也没有影子，秦卫年躲在被子里哭成了泪人。

分田到户后，秦卫年已经三十六岁了，还是光棍儿一个。也有人给秦卫年说过媒，但是谈了好多也没成，姑娘都被他那形象吓住了。邻居见秦卫年可怜，劝他学鞋匠，说赚了钱自己留着，将来也好娶媳妇。秦卫年就买了补鞋机，跟镇上的宋大头学手艺去了。

补了两三年鞋，秦卫年盖了三间宽宽大大的平房。有人给秦卫年介绍了一个寡妇，寡妇还带着一个小女孩，秦卫年也同意了。快结婚了，却出了岔子，秦卫年弟弟大了，从外面领回来一个打工妹，那打工妹说要把平房给她，才同意和他弟弟结婚，嫌秦家老房子不好。父亲就和秦卫年商量，秦卫年说我也和对象商量一下。秦卫年对象死活不同意。秦卫年和父亲一说，父亲就抹了一把老泪，让他成全弟弟，说你弟弟人已经领回，人家也没有提别的条件，要提条件可是要好几万啦，你呢，反正有个手艺，慢慢来。秦卫年又去和对象说，人家说，别说了，就是给我房子也不要了，免得以后吵架，我好腿好脚还嫁不了人。

秦卫年很是苦闷，听说镇上的小旅馆有小姐，秦卫年就去了。小姐说，别人要一百，你嘛，要三百。秦卫年说为什么，小姐说，看你那样儿。秦卫年听了，搬起椅子就要砸那小姐。小姐一声尖叫，引来了人。人家把秦卫年狠狠揍了一顿。

瘸子去找小姐，成了镇上人一个笑话。秦卫年羞愧难当，离开了宋旗镇。

秦卫年这一走，一脚就踏上了大上海。但是上海的补鞋生意很不好。上海人很讲究，别说鞋子坏了，只要不时兴就扔了，他只能挣一些打工者的小钱。秦卫年见报纸好卖，就批了一些报纸，放在鞋摊边，逢到有重大新闻时，一天卖报可挣到二十多块。后来，赚了些钱，秦卫年就决定不修鞋了，想开一个报刊零售亭。去工商所办执照时，所长竟也是一个残疾人，生了同病相怜之心，就把陆家嘴一个好地段给了他。一年下来，秦卫年赚了一万多。又过了几年，报刊发行有二渠道了，秦卫年就决定做图书批发生意。当时，广州一家杂志社做了一本小资类杂志，在上海销路不好，只能卖一二成，批发商见销路不好，都不愿接受。发行员找到了秦卫年，劝他说，陆家嘴开发日新月异，白领日渐增多，小资类刊物一定好卖，只是要有个市场培育期。秦卫年答应代销。果然，没几个月，该书销量日升。秦卫年赶忙与这家杂志社签订了包销合同。最高峰时，这家小资刊物在上海一年就发行了 50 多万册。包销的利润大，以后秦卫年遇到新刊，总是和发行员分析市场，采取先下手为强的办法，签订包销合同。没几年，秦卫年发了，在上海买了房，买了车。

秦卫年的图书批发部有一个湖南妹子叫小秋，勤快诚实，说话又温柔，秦卫年很喜欢，把她提升为部门主任，薪水比别人高两倍。小秋呢，由感激而生爱情，竟把红绣球抛给了秦卫年。秦卫年开始怎么也不相信，说我是一个残疾人，又比你大二十七八岁，我不能误了你的青春。但是小秋说，我对你是真心的，我不在乎别人怎么说。秦卫年还是不肯，说你要再说这话，我就开除你。小秋说，你可以开除我，但你不能把我的心从你身上开除了。一天晚上，小秋到秦卫年住处，见秦卫年屋中虽是豪华，却很乱，就帮秦卫年收拾。收拾完了，小秋说，这才像个家。一句话说到秦卫年痛处，不觉泪湿双眼。小秋揽住秦卫年肩头说，大男人，哭什么，哭能哭来女人？

　　自此，秦卫年和小秋成了夫妻。说夫妻，也不太准确。虽然同吃同住，却没拿结婚证。秦卫年不同意拿结婚证，他想小秋什么时候要离开他，他都会给她自由。

　　春节，秦卫年带着小秋去了老家。小秋开着轿车，下了车，小秋挽着秦卫年，亲亲热热。菱角村人简直以为花了眼：这秦卫年这么风光，是彩票中奖了还是拾到金元宝了？

　　以后菱角村人去上海打工，有个难处就会去找秦卫年。秦卫年也很慷慨，从不让人空手回去。菱角村人回到家后，都说秦卫年卖书发了财了，人家发财讲情分啦。

　　命运无常，秦卫年生病了，是肝癌。秦卫年认为是生意场上应酬过多，喝酒过量所致。

　　这时秦卫年的老父、兄弟和一些亲戚来了。秦卫年的弟弟对他说，你和小秋还没领结婚证吧。秦卫年说是的。没结婚证，没孩子，不能算合法夫妻。你的家产，可以多少给她些，别的该怎么处理，你说说。秦卫年不和弟弟说话，叫来老父亲，说，看来你老人家要白发人送黑发人了，不过命运在天，也没什么好伤心的，儿子不能为你送终了，但可以养老，我给你五万块钱。父亲说，我多少无所谓。你兄弟呢，侄儿呢，还有你表兄嫂们也很困难，多多少少也考虑一下吧。

秦卫年说，你们先回去，我还能撑一段时间。家产的事，到时候再说吧。

家人和亲戚走了。秦卫年叫来小秋，抓住小秋的手说，秋啊，我活了几十岁，就这几年才享到了福，都是你给我的。我查出病来时，就立了遗嘱，做了公证，除了给父亲五万块钱，别的家产全归你。

小秋当时就哭了。

秦卫年死时，没有告知家乡人。

临终时，小秋曾问他骨灰放在哪里，要不要葬到老家去。

秦卫年笑笑，随便葬哪里，不过要离你远点儿。把我忘了，你好好过日子去。

听说，小秋把秦卫年的骨灰带到了湖南，葬在了她家村后的山坡上。

秦卫年这样做，老家人是有说法的，都说，秦卫年这就不对了，叶落不归根，说不过去。

菜贩杨贵东

菱角村的杨贵东是杨老三的三儿子。杨老三是酒鬼，杨老三的女人也不是好人，成天泡在麻将桌上。杨贵东初中毕业后，在家放了两年牛，当兵去了。

那年杨贵东退伍回家，见家里还是破败不堪，从头凉到脚。冷静下来，杨贵东想做些事情，改变家庭面貌。一天，杨贵东看到有人赶着马车来庄上收稻草。那时镇上有很多土窑，烧砖全用草。杨贵东就问人家，要不要钉马掌？收草人问，你会钉？杨贵东说他在西南大山里当过兵，那个地方至今用马运货，他学过钉马掌，工具也带回来了。收草人说以前都是请村里兽医钉的，兽医钉不好。你学过，你钉一匹马试试看。杨贵东就取出工具。杨贵东说钉马掌铲掌最要技巧，用力有讲究。铲重了，马痛了，怎么也不会让你钉了；铲浅了，钉子扎不牢。几天后，那个收草人碰到杨贵东说，你钉的马掌好，走起路来嗒嗒响。一传十，十传百，找杨贵东钉马掌的多了起来，杨贵东有了一些小收入。

田庄有个叫芳香的姑娘看上了杨贵东，请人牵线，杨贵东很乐意，不久就结了婚。结婚一年后，小夫妻矛盾多了，原因是镇上建了一座大轮窑，土窑被勒令关闭了。大轮窑烧煤。小土窑一关闭，没有马车拉草，拉砖也全用拖拉机。杨贵东没有了收入，又添了孩子，生活一时陷入窘境。

杨贵东苦闷时，常常坐在村前的大水塘边落泪。有天他对人说，他每夜都看见大水塘里站着一匹大白马，大白马对他说，你骑上我，我给你驮到部队上去。一个小伙子好奇，晚上陪杨贵东坐在大水塘边等大白马出现，但等到天亮也没有。杨贵东说，你没看见，我可看见了。这话传出去，村人都说杨贵东头脑也坏了。父母一气之下，把杨贵东夫妻分出去了。分家时，最值钱的就是一袋黄豆。杨贵东女人还想要半袋米，婆婆不给，芳香就脱了裤子，坐在米袋上，让劝架的人不敢看。杨贵东气得胸口一起一伏，骂了女人，又瞪了父母一眼，说你们闹吧，我走了。

这一去好长时间没音信。村里人说杨贵东怕是疯了，说不定去找什么大白马，掉河里淹死了。

哪想，几个月后，杨贵东写信回来了，叫他女人带上孩子去上海。原来，杨贵东去了上海，在工地做小工。工地正在建一个菜市场。那天，杨贵东正拎着一桶水泥，吃力地上楼，却碰见一个人，这人是菜市场的主任，杨贵东的老战友。老战友拉着杨贵东的手好不亲热好不心疼。老战友说，市场马上建好了，这里有几百个摊位，人流量大，我想让你看厕所，一个人两毛钱，一个月只要上缴 200 块钱，余下全归你。杨贵东想这没本钱的生意适合自己，连声道谢。杨贵东的女人去上海，也是老战友出的主意，他让杨贵东负责打扫市场，每月 600 块钱，让杨贵东的女人看厕所。

芳香到上海后，看厕所的收入超过杨贵东的工资。一天，一位中年男子上厕所，掏出一张百元钞给芳香，芳香让人家给零的，人家说，有零的会不给你吗，说着进厕了。出来时芳香还没有零钱给中年男人。中年男人说，把钱给我，两毛钱下一次给你。芳香说不行。那人急了，一把从芳香手中夺过那张钱，芳香起身就抓住那人的衣服，那人一推，芳香倒了，顺势抓起地上一团烂菜叶打在那人脸上。这时，杨贵东过来了，问怎么回事。那人盯了杨贵东一眼，说了句"看我怎么收拾你"，气呼呼走了。

第二年市场建了一些商品房，老战友又让杨贵东负责中介，一间房的中介费是一个月房租的 20%，那收入真是吓人。中秋时，杨贵东买了一些礼物，送给老战友。老战友说，你太客气了，我这人是滴水之恩涌泉相报。你还记得当年在大西南当兵吗，咱俩上县城，我要买一个哈尼族女孩的背心寄给女朋友，可是就差两角钱，你立马给了我。两角钱算不了什么，可你那天早上胃口不好，不想吃饭，就带了两角钱说留着中午吃碗米线的。你把两角钱给了我，就饿着肚子和我回去了，那一来一去可是60里山路呀。杨贵东说我在老家的大水塘里的小岛上总是看见一匹大白马，老梦见它驮我到了一个好地方，这下我还真到了好地方，你是我的大恩人。

杨贵东在上海干了三年，就在繁华地段买了二室一厅的房子。但买了房以后，工作就不顺了。他的老战友遇车祸死了，菜市场主任换了人。原来那个区的工商所所长也换了人，正是当年为了两角零钱被芳香往脸上摔烂菜叶的中年男人。这人有一次来菜市场，碰见了杨贵东。不久，菜市场主任就找杨贵东谈话，说他不适合商品房管理工作。菜市场主任看上去也有些为杨贵东惋惜，因为他上任后，杨贵东和他处得也不错。主任爱莫能助地说，小杨啊，主要是你那女人太不像话了，唉……要不，你租个摊位卖菜吧。

杨贵东没办法，只好和女人卖菜。这一天，杨贵东多收了一个顾客二角钱，杨贵东想起来后赶忙拿了两角钱追了上去。回来时女人说，你头脑有病！

杨贵东把秤杆往摊位上猛地一敲，大声叫起来，你头脑才有病，你个臭女人！

骂完了，杨贵东直想哭。

几年过去了，杨贵东和女人还在卖菜，收入也不错，加上他在上海有房子，菱角村人还是佩服他。

塔吊工小涟

菱角村的小涟在昆山工地开塔吊。

开着开着不想开了，工程队长就去找老总告状。老总姓阮。

工程队长一进门就说，阮总，3号塔吊驾驶员不想干了。

阮总抬一下头，又垂下去，盯在了一堆文件上：不想干就走呗，这点小事也来跟我讲。

工程队长干笑笑，是这样的，阮总，我也想为工程省几个钱嘛。

阮总又抬起头：你说是3号塔吊？那个小涟？

工程队长点点头。

阮总手中的铅笔敲着班台，敲了一会儿，说，他在哪？等会我去看看。

阮总开始在老家市文联，搞创作，没日没夜在纸上划拉，多少年还是籍籍无名。文联穷，工资又低，一气一急一下决心，他停薪留职找出路了。当时，小城人不理解，说文人下海失败的多，阮总也有些怕，临离家时对着那些一滴血一滴汗写出来的作品差点掉了泪。风萧萧兮易水寒，壮士一去兮不复返。没想到，上天垂青，阮总在一个朋友的帮助下进了建筑行业，一步步走过来，十一二年后竟有了金银闪烁一片天。

小涟跟着阮总的工程公司走南闯北有七八年了。小涟开始是个小瓦匠。那一年，阮总想招一个塔吊驾驶员，一打听，要月薪2000元，当时工程还没做大，阮总聘不起，直叹气。小涟水说，他以前跟着一个堂哥在青岛打工，堂哥是开塔吊的，他跟着学过几天，那活儿简单，他懂点毛窍。阮总说，那你试试。一试，很好，比专业的不差。阮总给他800块一个月，小家伙乐开了花。

这一干多年。这几年，工资长了，塔吊驾驶员要3000元。1号2号塔吊驾驶员都是这个价，但小涟只拿1500元。开塔吊，按行业规定，要有塔吊工资格证，小涟没有受过专业培训，哪有资格证。给他1500元，双方不吃亏。他要是做瓦工，干一天才有一天钱，又苦又累又拿不了固定工资；阮总这头，是能省一分钱是一分钱。开公司的，起码是半个数学家。

阮总到了工地，见到工程队长正在劝说小涟：往驾驶室一坐，高高在上，欣赏全城风光，多好的事。

小涟说什么驾驶室，就是个笼子。

工程队长见阮总来了，对着小涟"哼"了一声，就往旁边一让。

阮总说：开塔吊，苦了你？往驾驶室一坐，风不透雨不漏。

小涟说：不苦。

阮总说：钱少？

小涟说：不少。

阮总说：那？

小涟说：寂寞。

阮总一愣：什么？

小涟说：寂寞。

工程队长说：我看你是好日子过够了，在这作诗呢。

阮总朝工程队长摆摆手：那你想干什么？

小涟说：想做瓦匠，扎钢筋拌砂浆也行。

阮总笑起来：你真是好日子过够了？

小涟说：人多的地方热闹。

阮总说：这样吧，最近正抓工程进度，你先干着，我找到人替下你，再给你安排。

小涟说：那快找啊。

处理好这事，阮总出差了，一去十几天才回来。

一大早，工程队长又进了阮总办公室：那小涟说今天就不开塔吊了。

阮总说：找人替了吗？

工程队长说：找了一个，说要后天才来。

阮总瞪了工程队长一眼：拖拖拉拉。小涟呢？

在宿舍。

阮总到了宿舍区，一脚就把小涟的宿舍门踢开了。

小涟坐在几块砖头上，趴在床板上写着什么，见阮总进来，看一眼，又低下头。

阮总说，那人两三天就来，你就顶不住了？小涟呀，我对你还不算好吗，你让我怎么说呢，和那些工人砌墙扎钢筋拌砂浆，有什么好的？你就是为了热闹？

小涟说：和他们在一起，说说笑笑，有素材。

阮总笑起来：你还想写作？

小涟咬着嘴唇，过了会儿说：爱好。

阮总走近一步，果然看到小涟的稿纸上密密麻麻的字，又看到小涟的床头码着厚厚的一摞稿纸，翻了翻，有小说有散文。

阮总站在那儿，好一阵，叹了口气。

阮总拍拍小涟的肩说，起来吧，再帮我顶一天，就一天，说话算话。

小涟不情愿地点点头。

阮总走到门口，又转过身：以后，随你做什么工种，一个月3000，按专业的塔吊工工资算。唉，我十几年没碰一下书本了，十几年啦……

小涟有了高工资，工种又不受限制，写东西的劲头大了，发表了不少作品。阮总让他做了文案，后来公司成立了房地产集团，阮总又让他做了一个部门经理。

菱角村人听说了，都咂舌头：看不出来呀，小涟有这么大本事。

小老板陆原水

　　菱角村的陆原水在广州搞装修，发了财。广州的老乡少，闲下来时，找个人说说话都难。有一回，陆原水听说一个老乡也是初中老同学在广州，就想法打听到了老同学的电话号码。和老同学一联系，老同学很高兴，当即约好了见面的时间、地点。

　　一见面，陆原水就和老同学大谈他的发迹史，大概情况是：陆原水初中毕业后学了木匠，到了广州后，他先是接零星的装修活，有了钱，就创建了装修公司，几年下来，资产已达百万。老同学夸他了不起，说他自己大专毕业后，先在内地做编辑，每月拿一千多块钱，自己手脚又大，不会省钱，多少年老是一个样子，一年多前来了广州，在报社做编辑，每月收入3000多，但这里开支也大，还是积不下钱，连房子也买不起，混得很不如意。陆原水听了，就有点看不起了，还说"想不到你们这一行也不怎么样"。老同学心里不舒服了，就找了个理由，走了。

　　一个多月后的一天，陆原水去天河装饰城，又碰上了老同学。老同学和一个漂亮女人手拉手，很亲密。老同学见了陆原水，不咸不淡地打了个招呼，就想走。陆原水盯着老同学看看，又盯着老同学身边的漂亮女人看。漂亮女人对他笑笑，他竟红了脸。老同学拉着漂亮女人走了，陆原水又叫老同学：老同学，有机会我们聚聚。老同学搪塞他说：有机会的吧。

第二天傍晚，陆原水去了报社，在楼下等老同学。老同学问他有什么事，陆原水说没什么事，就是请你喝酒，昨天是不是得罪你了，我是粗人，不会说话，你多包涵。老同学也是好脾气，说没什么。陆原水把老同学带到了编辑部附近一家最豪华的酒店，和老同学碰了几杯后，说，老同学，昨天你带的那个人是你……? 老同学笑笑：女朋友。陆原水吃了一惊，说你才来广州一年就有女朋友了？老同学说这有什么稀奇的？陆原水又问：她是广州人？老同学说是的。陆原水盯着老同学：广州城里的？老同学说是的，这有什么稀奇的？陆原水喝了一杯酒，向老同学竖起大拇指：老同学，你有本事呀！我来广州几年了，做装修，接触的也都是城里人，也有不少女人留给我号码，也有联系的，怎么就谈不上这种事呢？刚来广州时，我们困难，我老婆说要去做保姆，结果跟广州的一个小老头睡到了一起。离婚后，我就想，我也要娶一个城里女人。我想，要是有城里女人肯跟我，要什么我给她什么。可是，见了人家，你根本开不了口，总觉得城里人和我们这种人隔着一层很厚的东西，不知怎么穿过去。老同学，你说，怎么办呢？老同学笑起来：你找我就为这事呀？陆原水就捂着头，好久不说话。临走时，说还要请客。

没几天，陆原水又要请老同学，还让老同学一定把女朋友也带上。老同学说好的。进了饭店，陆原水对那漂亮女人说，大美女，说说你们的恋爱史？漂亮女人说，他嘛，论相貌也是一般般啦，但是我觉得他有内涵，蛮谈得来的。陆原水的目光从漂亮女人脸上移到老同学脸上：有内涵？是不是有文化的意思？老同学和漂亮女人都笑了。陆原水也笑了：不是这个意思吗？是是是。他俩还是笑。陆原水说，老同学，真佩服你。

后来，陆原水还是娶了一个乡下女人，是菱角村旁边一个村的。再回广州时，陆原水就不找那个老同学玩了，陆原水对手下那些工人说，人家跟我们不一样啊。

破烂王鲁一照

菱角村的鲁一照和郑然是老交情。这两人都爱写写画画。在大集体时，鲁一照爱写小戏，郑然爱写小诗小通讯。鲁一照的小戏排演了，郑然场场不落。郑然的小通讯上了广播，鲁一照第一个去叫他：郑然，你听见没，播了播了。那年头，写作没稿费，两人全凭一股精气神撑着。

分田到户后，鲁一照先结了婚，家庭负担重了，写得也少了。郑然还是咬着牙写下去，写的东西也多了，除了小诗小通讯，还写散文小说。这一咬牙，就写出了名堂，郑然先是进了乡文化站，后又进了文化局。鲁一照说郑然，你就是吃这碗饭的料，我是没福气了。鲁一照种着几亩薄田，日子越来越不好过。鲁一照的几个堂兄弟在南京收废品，混得不错，鲁一照也跟着去了。

鲁一照刚开始收废品时，不好意思开口。鲁一照就把三轮车停在巷口，死等。一天两天过去了，生意却也慢慢好起来。鲁一照老实，不少人家的秤；人家要搬什么东西，叫一声，他就楼上楼下跑，给钱就拿着，不给也不说一句话。这样一来，人家当然照顾他生意了。鲁一照收了书本，喜欢挑挑，好看的留下来。有一次，他从一本书里翻出了一张存款折，回忆了半天才想起卖主是谁，赶忙给人家送去。那是一张万元的存款折，主人很感激，要给鲁一照2000块钱，鲁一照怎么也不收。主人找了记者，鲁一照上了报纸。这一来，他的生意好了。

过了两三年，鲁一照有了些积蓄，就开了收购站。赚了钱，鲁一照又设了几个收购点，生意都很好，鲁一照也忙碌也风光。五六年下来，鲁一照手里有一二百万了，房子有了，车子有了。车子有两部，一部卡车，一部轿车。轿车是儿子鲁聪要买的，鲁聪说有轿车联系业务方便，其实他是想自己风光。鲁一照不讲究享受，碰巧有闲空了，就看书，看的都是郑然的作品。多年来，他和郑然一直亲如兄弟。郑然发了作品，大到长篇小说，小到一篇百字杂感，都寄给他。看郑然的作品，他高兴，觉得郑然还和自己在一块儿。

　　有一年，郑然出差南京，抽空去看了鲁一照。郑然将新出的一本小说集带给了鲁一照，鲁一照眉开眼笑。鲁一照对儿子鲁聪说，我这辈子最佩服的就是你郑然叔。鲁聪却露出很不屑的样子，鲁一照真想给他两耳光。郑然玩了一天，就要走了。头天晚上鲁一照和儿子说好了，让他开车送郑叔去车站，第二天早上，车子在，鲁聪不见了，打手机也不接。鲁一照知道儿子是躲起来了，却假装猜测儿子的去向。郑然说孩子忙，你别管他了。鲁一照就拦了出租车，和郑然去车站了。

　　从车站回来，鲁一照的火气终于埋不住了。

　　鲁一照问鲁聪：你有什么资格瞧不起郑然？

　　儿子一边擦车子一边说：我没必要围着他转，人和人之间是平等的嘛。

　　平等？你也知道平等？鲁一照拿出郑然的一本书，用力拍着，这本书我全看了，郑然他同情农民，同情拾废品的，哪些人活得不如意他同情哪些人，他才知道人人平等。你知道什么平等？你有几个钱，狂了，是你不想和别人平等！

　　有钱又不是坏事。儿子拉开车门，要钻进去。

　　你上哪摆显去？鲁一照拎起凳子，向轿车砸去，看你狂！

　　那年春节，鲁一照没打算回菱角村，他知道郑然是要回村过年的，他怕碰上。晚上，鲁一照接到郑然电话，问他怎么不回村，他先说生意忙。郑然说再忙，我们老哥俩也要聚聚啊。鲁一照说那我马上就回。

　　鲁一照当夜就上路了，赶回村时天快亮了。

强者姚业旺

菱角村的姚业旺多年都跟着一个老板。这人叫祝伟男。祝伟男做工程队小队长时，姚业旺每天下了班先去祝伟男的宿舍，帮他把桌子擦了，啤酒瓶子开了。吃了饭，又帮祝伟男收拾桌子。闲来无事，姚业旺爱去祝伟男的宿舍坐坐，给他擦擦皮鞋，陪他聊聊天。照理说，祝伟男对姚业旺应该比别的工人好。其实不然，他给姚业旺的工资总比别人少一两块一天，还拍着姚业旺的肩头说，老朋友了，不讲究。姚业旺说，就是，跟你干活就图个心情好。有一年，祝伟男的工程款没拿到手，没钱发给工人，工人闹着要回家过年，情绪越来越难以控制，眼看要动手开打。姚业旺就把多年的积蓄拿出来，让祝伟男先解决了他们的路费。那一年，姚业旺没有回家，他对祝伟男说，你发不出钱，看工地都找不到人了，我留下看工地吧。姚业旺第一次看见祝伟男的眼里湿润了。

祝伟男的工程越做越大了，每年都要承包几幢楼，用的人也就多了，但姚业旺还没有什么发展，祝伟男只让他当了个后勤管理。工地上的老乡劝姚业旺，你多年跟着祝伟男，鞍前马后地跑，向他要个工地承包呗，我们也好沾沾光。姚业旺说，就是我跟他不错，他才让我做后勤管理的，你们想想，在外地，像我们这种人，没有背景，没有钱，没有特殊才能，混碗饭吃，已经不容易了，哪能伸手要条件，人家给你便罢了，不给双方都难堪。

　　姚业旺死心塌地的跟着祝伟男，没白跟，他后来发大财了。转机是从祝伟男出车祸开始的。那一次车祸差点要了祝伟男的命。姚业旺工地、医院两头跑，陪了祝伟男一个多月。临出院时，祝伟男对姚业旺说，小姚，我给你介绍个女朋友怎么样？姚业旺说，那太好了，先谢谢祝总。祝伟男说，先别说谢，你要回答我一个问题，答对了，再说。祝伟男说：为什么强大的老虎、狮子成了稀有动物？姚业旺想了想说：因为它们不愿像猫呀狗呀被人驯化。祝伟男愣了一下，就笑了：小姚，你能做大事。

　　祝伟男把他的女儿介绍给了姚业旺。

　　姚业旺比祝伟男更有魄力，他建议祝伟男脱离原来的公司，创建自己的公司。祝伟男同意了。

　　公司运转非常顺利。姚业旺成了姚老板。祝伟男渐渐退到了幕后。

　　三年后，姚业旺向妻子提出了离婚。姚业旺对妻子说，原谅我欺骗了你的感情，其实，从第一次见面我就不喜欢你。几年来，我总是想说服自己好好地对你，可是我发现我也在骗自己。我是个有毅力的人，但在这一件事上我实在坚持不下去了。妻子惊呆了，泪水流了一脸。

　　祝伟男听了女儿的哭诉却没有过分的惊异，他抚着怀中的宠物狗说：没有人愿意永远做狗，毕竟人的心里还是愿意做老虎做狮子的。可以理解呀可以理解。他要离，你就离吧，还有什么可说的？

　　姚业旺离婚的事传到菱角村，菱角村人都说他不讲心。姚业旺不顾这些，风风光光回菱角村，先是给村里造了一座桥，花了十多万，又给村里75岁以上的老人每人2000块钱。这一来，菱角村人看他顺眼了，也没人说什么了。

宝华和小灿子

菱角村的宝华和小灿子在镇江工地上苦钱。

那几天，工地材料跟不上，工人们就闲了，有的在宿舍打扑克，有的去公园欣赏大姑娘小媳妇。宝华说没意思，叫小灿子跟他一起找点零活，弄几个活套钱。小灿子说，对，弄几个活套钱，哎，怎么弄?

宝华拿了一块胶合板，用粉笔刷刷刷写了几个字：房屋修补，保证质量。小灿子说，好啊好啊，就怕有些人家付钱不爽快。宝华说，凭手艺吃饭，怕什么，只要我们把事情做好了。收拾一下走吧。

两人走到工地对面的路口，把小牌子往路边一放，就蹲下去等着雇主。一辆摩托车眼看就要"日"过去了，又打了弯过来。车上是个细长脸男人扎着红辫子，红辫子看看牌子，又看看宝华和小灿子：铺地板砖不?宝华站起来：铺，多少平方? 红辫子说，不大，就厨房和卫生间，什么价? 宝华说这样吧，我们去看看，到时再讲，离这有多远? 红辫子说不远，就前头，那就走吧。红辫子发动了摩托，又问：你们住哪? 小灿子指着路西头说：就那个工地，电信大楼旁。

红辫子在前头，虽说摩托车开得不快，他俩也得带小跑。可是转了两条街，摩托车还没停。宝华面喊：大哥，还有多远，太远我们不去了。

摩托车停下了，红辫子笑呵呵地：快了，快了。

小灿子喘着粗气：人家耍我们的吧？宝华说：他敢，骗老子在后面跑一身汗，瓦刀砍不死他！

到了红辫子家，红辫子按下门铃，一个胖少妇开了门，一只小白狗就冲他俩汪汪叫起来。进了门，小白狗就来咬小灿子的裤角，小灿子吓得往一边躲。小白狗又盯住了宝华，宝华用脚轻轻一挨：滚。胖少妇叫起来：怎么说话呢，让谁滚？宝华刚要说话，小灿子拉了拉他，宝华闭了嘴。

红辫子对胖少妇说：把狗唤里边去。又对宝华说，我这狗是纯种英国可卡犬，3000多呢。哎，你们过来下，看看厨房卫生间。

讲价倒也没费什么劲，厨房和卫生间的旧地板撬了，再铺上新的，150块。

两人撬完了地板，小灿子搅水泥，宝华把用在拐角的地板砖量了尺寸，忙着切割。红辫子男人站了一会儿，就回内室了。

忙了有三小时，快铺到最后了，那只小白狗又窜出来，一窜就窜到抹好的水泥上，留下几个爪印，小灿子将它赶开，重又抹平。小狗又窜出来了，小灿子用手一挡，这回小白狗反抗了，"汪"的咬了小灿子一口。

小灿子看看手臂，破皮了。小灿子说：这死小狗，个不大，牙蛮毒的。

这会儿，红辫子过来了，唤走了小狗。小灿子又去抹水泥，宝华看见他手背上的血珠了。宝华叫起来：小灿子，不好了。你看，出血了。小灿子说，小狗，不怎么疼。宝华说，不行，得打狂犬疫苗。宝华就叫起来，大哥，大哥你出来下。

红辫子出来了。宝华握着小灿子的手，把手臂朝着他：大哥，你家狗咬的，得带我兄弟去打狂犬疫苗。红辫子呵呵一笑：没事的，贴张创可贴。红辫子朝屋里叫：美姿，找片创可贴来。宝华说：不行，得打狂犬疫苗，要快，听说被狗咬了要在24小时内打针，迟了要出事的。

胖少妇空着手出来了：什么事呀？

红辫子说：叫你拿创可贴，没听见？

宝华说创可贴不行，要打疫苗。

红辫子说：我家的狗已经打了狂犬疫苗了，我们是有养犬证的，办证时就打了，哪像你们乡下的野狗。

宝华说：万一出意外呢？

小灿子接过话说：不会吧？

宝华大吼一声：你想死啊？

红辫子声音也大起来：他都说不要紧，你横什么呢横？

宝华说：你说给不给他打？

红辫子说：你想怎么的？

宝华说：好，好，我不多说了。小灿子，我带你去打。宝华说着，就拉住小灿子，连拖带拽出了门。

到楼下了，小灿子说，哥，真要去打？我们给人家活儿还没做完，我怕这人家不给工钱。

宝华说，你要钱还是要命？快走，去防疫站。

给小灿子打了狂犬疫苗，宝华又带小灿子回到红辫子家，上楼梯时，发现那只小白狗又窜到了楼梯口，对着一只小足球扑上扑下。

宝华和小灿子叫开门，这回是红辫子开的。红辫子只把门开了半扇，盯着他们不说话。宝华硬闯进去了，小灿子愣了下也进去了。宝华对小灿子说：继续做事！

最后的两块地板砖铺好了，宝华用抹布从卫生间到厨房挨着抹了个闪亮，就拿出一张纸条递给了红辫子：这是狂犬疫苗费，86 块，再加工钱150 块，给钱吧。

红辫子说：工钱照给，这个狂犬疫苗费我不出。

宝华说：大哥，要真不出，我也没办法，那就把工钱付了，疫苗费你看着办。

两人出了门，小灿子说，宝华，针就是给我打的，工钱每人 75，疫苗费 86，我回去就给你 11 块钱。

宝华说，我就是为了钱？

到了楼梯口，那只小白狗还在那儿跑来跑去的。

宝华四下看看，把工具包里的东西飞快地取了出来，往小灿子工具包里一插，用空包把小白狗迎头套上，拎了起来：小灿子，跑！

到了工地，宝华说，这下看那红辫子给不给疫苗费，他非找来不可。

小灿子也笑起来：对，他非找来不可。

宝华放下包，小狗跳了出来，一下子钻到了床底下，宝华说：小灿子，找根绳，把它拴在床腿上。

小灿子又去找绳，宝华钻进床底下抓小白狗。小白狗从床的另一头钻了出来，一下子碰倒了一摞工人们当板凳用的砖头。小白狗被砸倒了，小白狗叫着挣脱了，再跑，后面的左腿却瘸了。

小灿子找来了绳子，宝华已经抱住了小白狗。宝华说，不用了，狗腿瘸了，麻烦来了。

小灿子说，真瘸了？

宝华说，砖头砸着了。

小灿子说，人家这狗可值三千呢，咱半年工钱啦。

宝华说，是啊，弄成这样，惹大麻烦了。

小白狗在宝华怀里轻声叫着。

天黑了，食堂开饭了。宿舍里进进出出的人多了。

胖头听说了经过，说：快把它扔了吧。

二鸭子说：不扔了，人家找来，说你们盗窃哩。

圈子说：就不算盗窃，叫你们把狗腿治好了，恐怕也要一两百，城里头狗比人精贵呢。你看宠物医院装修得比医院还好。

宝华忙问：你知道哪儿有宠物医院吗？

圈子说：工地西边，家家乐超市旁边，离这不远，你还真要给狗看腿？

正搂着狗头的小灿子忙接过话：宝华，咱去宠物医院吧？

宝华说：走。

两人到了宠物医院，医院生意正忙，等了近一小时才轮到他们。小灿子说，宝华，你先在这，我去给狗买根火腿肠去。

医生把小白狗检查了一下，说狗腿折了，有些麻烦，要上夹板，要外敷药，内服药，不过，三四天也就好了。先交 150 块，交钱吧。

医生这儿正忙着哩，红辫子两口子和一个民警进来了。

小灿子拿着火腿肠，刚进来，见了民警腿一软，想溜，却让红辫子凶凶的目光吓住了。

民警四十来岁，看起来很威严，说话却随和。民警说，我们从工地找过来的，你们等会儿跟我走。

宝华说，警察大哥，你听我说嘛。

宝华就把事情的经过说了。

民警的目光从红辫子夫妇脸上扫过：是真的吗？

胖少妇一下子跳起来：我们的狗是打过疫苗的，我有证据。

红辫子朝女人摆摆手，又对着宝华：小家伙，我告诉你，工钱我们给了，疫苗钱我也会给你的，但你偷我的狗，就是盗窃了，哼哼，法盲啊，你们这些农民工的素质啊……

正说着，小白狗痛得叫了一声，旁人一时还没反应过来，小灿子叫了起来：医生，轻点呀，小狗怕疼。说着，又快步走向手术台，一口撕开火腿肠的薄膜，递到了小狗嘴边：小狗，别动啊，别动。

民警看着小灿子，脸色慢慢变了，嘴角泛出一丝笑，目光却比先前更威严了。他扫了一眼红辫子夫妇。民警又叹了口气，拍拍红辫子的肩说：兄弟呀，听我说一句，人家把你的狗当狗，你也要把人家当人啦，今天这事怎么处理，你自己拿主意，好不好？

红辫子嘴张了下：啊？很快又低下了头。

当天，宝华和小灿子就拿到了疫苗钱，为狗治腿的钱当然也拿到了。

经理陈祖元

菱角村的陈祖元在镇江苦钱。陈祖元父亲是炸油条做大饼的，起早摸黑上街赶集，一心想供陈祖元上大学，没想到陈祖元高考落榜了。父亲让他学炸油条，他很快掌握了炸油条的技术要领。开始，陈祖元在老家串庄卖油条，有了些本钱，就去了镇江开了小吃店。

小吃店卖油条豆浆，一天有几十块收入。在旁人看来不少了，陈祖元不自足，闲下来，陈祖元就琢磨着怎么赚大钱，他决定买彩票试试运气。彩票点与陈祖元的店铺隔几条街，一开始迷上彩票，陈祖元天天去。买了几十期后，没有中奖，陈祖元就懒得跑了，每天把号码写好，让店里打杂的安徽小工小陆去替他买。这小陆人很勤快，每天都提醒陈祖元写了号码没有。小陆替他买了几个月，也没有中奖，但陈祖元玩彩兴趣不减。

一天晚上，陈祖元正在电视前看摇奖，摇出的号码和他买的好像差不多，这才想起，小陆还没把彩票交给他。赶忙把小陆叫来，一问，小陆说今天忘了买了。小陆把写有号码的纸条给了陈祖元。陈祖元捏着纸条反复看了几遍，最后，眼睛盯在了小陆脸上。这注彩票号码可是中了二等奖，几十万哪？陈祖元忽地扬手扇了小陆一记耳光，大叫道：给我滚！

小陆哭着离开了店铺，工资都没有要。

自那以后，陈祖元不买彩票了，说我没有这个命，我命里就是做小生

少年梦·青春梦·中国梦——中国故事
【王 往】捉鱼小孩

意的料。

几年后，陈祖元的店铺前开来一辆小轿车，车上下来两个人，其中一个是当年的安徽杂工小陆。

小陆注视着陈祖元：还认识我吗？

陈祖元说：认识，你发财了。

小陆旁边的人打开一个包，取出几捆大钞，都有砖头那么厚。

小陆示意那人把钱搁在面案上，对陈祖元说：当年一时疏忽，忘了给你买彩票，让你损失了几十万，今天来还给你。

陈祖元扫了一眼面案上的钞票，问：你，什么意思

小陆说：钱还给你，但你还欠我一个耳光，我想两不欠。

陈祖元就走近小陆一步，直起脖子说：打吧。小陆抬手就给了陈祖元一记耳光，陈祖元晃了两下。店里的伙计们赶忙拿起了家伙，冲向小陆。

陈祖元大吼一声：都别动

小陆赶忙上车。

以后几天，陈祖元没事就骑摩托上街乱转，盯着一辆辆轿车看。

一天，陈祖元看见小陆的轿车在一家大饭店门前停下，就跟了上去。

又一天，小陆进了饭店，上了楼，进了一个房间。那房门上的铜牌上刻着的是"总经理室"。

陈祖元敲门进去，小陆正坐在总经理位置上，见了陈祖元，一惊，赶忙起身，同时伸手摸电话，好像准备报警。

陈祖元笑笑：呵呵，这饭店是你的陆经理，坐下。

小陆仍惊魂未定，陈祖元就先坐在了沙发上。

陈祖元说：陆经理，没事儿，我是来把那天的钱还给你的。当年打了你，我很后悔。彩票没有中奖，是我没那运气。打人是我不对，那天你给了我一个耳光，确实是我欠你的，好在也还了。这钱你要收下，要不我会感觉还欠你的。我找了你这么多天了，就为了这事。

小陆这下缓过神来，赶忙去给陈祖元倒茶敬烟。

小陆说，陈老板，你有气量，你打我是一时之气，我打你是报复，就

不够有气量啦。

两人越聊话越多。小陆谈了他如何挣钱又如何承包这家三星级酒店的，陈祖元谈了他怎样艰难地维持小本生意的经历。对昔日的风风雨雨，两人都感慨不已。

小陆留陈祖元喝酒。酒桌上小陆说，陈老板，我想聘你做副经理怎么样，共同创业。陈祖元说，怕不行吧，我是开小吃店出身的。

小陆说，我还是小吃店伙计出身呢。

两人大笑。

陈祖元就把面案给了他弟弟陈祖满，自己跟着小陆干了。

陈祖元做了副经理又不轻松了，成天楼上楼下跑，夜深人静了还亮着灯，办公桌上一大摞酒店管理方面的书。

一天，前厅一个景德镇大花瓶被打碎了。几个前厅服务员相互推卸责任。

陈祖元说，是谁就是谁，免得水落石出闹难堪。

这时，一个叫周虎的服务员承认是他浇花时碰翻的。

陈祖元说，你得赔。

后来，服务生听说陈经理没让周虎赔花瓶，而且对周虎还很器重，没多久，周虎还被提了职。员工们都觉得有些蹊跷。

陈祖元再回老家时，就开着小轿车了。菱角村人闹了纠纷，要是陈祖元在场，他就会说，不管怪谁，是自己的错就要担着。那样子比村干部威风多了。

骨　气

春日傍晚，夕照温柔，如丫鬟的小拳头，捶着背，抚着胸，叫人骨头发酥，心尖儿痒。朱小七眯着眼儿，哼着小曲儿，扣着脚丫儿，似醒还睡，似醉非醉，好一个悠闲的小神仙。身下的草儿软，天上的云儿荡；远有青山含黛，近有绿水欢歌。这方小河坡，真是个休闲的好所在。朱小七忍不住伸胳膊捣了一下旁边的朱元璋："伙计，今儿我又碰见唐老爷家的小姐了，真俊啊，小脸儿嫩得像豆腐脑儿，小腰细得像唢呐把，两眼珠一转勾人魂，两酒窝一现醉死人，迷得我差点把饭钵子丢在地上了，要不是那大黄狗冲过来，我真想扑上去亲一口哩。"

朱小七说了半天，见朱元璋没说话，就捣了他一下："伙计，跟你说话呢。"

朱元璋不耐烦地回了他一句："别动，好不好！"

朱小七气得翻身坐起。嘿嘿，朱元璋正看书呢。

朱小七伸手就去夺书，朱元璋赶忙挡住朱小七："你安稳点，好不好！"

朱小七红了脸，讥笑道："讨饭的，还看书，我没见过！"

朱元璋见朱小七生气了，赶忙开导："伙计，咱俩不能讨一辈子饭啊，咱俩得学点知识，将来好做大事啊。"

朱小七哈哈大笑起来："讨饭的，还想做大事，我看你是扫帚写字——大话（画）。讨饭有什么不好，一不偷二不抢，吃饱喝足了，往这河坡上一躺，要多惬意有多惬意。"

朱元璋摇摇头说："跟你说了多少回，你也不懂，罢了罢了。"说完，又躺下看起了《论语》。

朱小七受了冷落，很不高兴："好好，你看书吧。明儿咱也别在一块儿讨饭了，咱七八年的难兄难弟也算到头了。日后你当了官，我也不会找你，咱穷，咱有骨气。"

朱小七说完，无聊地耍起了打狗棍。

天色暗下来时，朱小七叫朱元璋起来，到庙里睡觉，朱元璋好似没听见，眼睛还紧紧地盯着书上的字……

十几年后，朱小七听说朱元璋做了皇帝，吃惊不小。朱小七赶忙扔了讨饭篮子，撒腿朝金陵奔去。

皇宫里处处金碧辉煌，朱小七看花了眼，不住地咂嘴："我这老伙计还真行，讨饭讨到了这么个好地方。"

见到朱元璋后，朱小七开门见山地说："无论如何，你要给我个一官半职。"朱元璋皱起眉头："老伙计呀，你这就叫我为难了。你说你讨了这么多年饭，也没学什么本领，干啥好呀？"朱小七说："讨饭的就不能当官了？老伙计，你把当初咱俩在一起的幸福时光都忘啦？"朱元璋苦笑道："老伙计，我这江山刚定下来，要的是有真才实学的人啊！"朱小七说："那这样行不行，让我到宫里做个侍卫什么的？"朱元璋说："这也不妥。这些侍卫都是武艺不凡的人，没有你这么大岁数的。"

朱小七沉默了许久，忽然起身道："朱元璋，皇帝有什么了不起，皇帝也讨过饭！在我眼前，你摆什么臭架子？我才不看你这脸色。好了，我走了，咱穷，咱有骨气！"朱小七说完，拿起一只杯子狠狠地摔在地上，转身欲走。谁知，朱元璋大喝一声："放肆！来人啦，给我拿下，推出去斩了！"几个侍卫立刻扑了上来，把朱小七捆了起来，拖了就走。朱小七哪里见过这阵势，吓得大叫起来："老伙计，啊，不！皇上，皇上饶命！"

宫里的一个大臣听了，对朱元璋说："皇上，就别和他一般见识了。

杀了他，你老家人会说你没人情味儿。"朱元璋笑笑说："我不会杀他的，我是看他究竟有没有骨气。走，咱们到外面看看去。"

朱元璋令人叫住押解的侍卫。朱小七扭头一看是朱元璋，赶忙跪下去连连磕头："皇上饶命，皇上饶命！"朱元璋说："你还有什么话?"朱小七说："我什么话也没有。放了我吧，让我去讨饭吧！"

一群人忍不住笑出声来。朱元璋对侍卫说："放了他吧。"朱小七被松绑后，一口气逃离了金陵。到了城外，他还惊魂未定：还是老伙计给面子呀，碰上别人当皇帝，今儿个脑袋就没了。

奖　赏

皇帝杀了很多人。

皇帝的宝剑都换了好多把了，每一把都卷了刃。

可以说，皇帝的事业就是杀人。

也可以说，杀人成就了皇帝的辉煌人生。

"辉煌"两个字，不是谁都可以享受的。皇帝的理解是：辉，带着"光"，这是剑光；煌，带着火，这是战火。人生的"辉煌"，就是剑光和战火铸就的。

皇帝受之无愧。

也不应该有愧。

因为皇帝杀的都是自己的敌人。

烽烟四起，马蹄铿锵，旌旗猎猎，刀光剑影，血流成河，尸横遍野……快意恩仇！

每想至此，皇帝就莫名地激动。

皇帝常常抚着宝剑说：好剑！

皇帝不会让宝剑闲着。

皇帝还要杀人。

还要杀谁？皇后战战兢兢地问。

杀这些臣子！皇帝说。

他们可都是功臣啊，皇上……

正因为他们是功臣！功臣才会居功自傲；功臣才会有恃无恐。不杀他们，江山不稳。

真要杀？

杀！

可否留下一人？

谁？

赵六。

赵六？皇帝沉思一番，赵六就不杀了，怎么能杀赵六呢？赵六和朕自小一起长大，追随朕讨伐各路诸侯，数次救朕于危难之中，功莫大焉。

非但不该杀，还要予以奖赏。这可是皇上您亲自说的。

对，该奖赏赵六。

说完，皇帝下令，杀了一批功臣。

只是，奖赏赵六的事，皇帝迟迟没有兑现。

而且，还不见了赵六的踪影。

皇后很是奇怪，便问皇帝，赵六到哪里去了？

皇帝说道，赵六已削职为民，回乡种田去了。

皇后又说，皇帝，您说过要奖赏赵六……

皇帝笑笑，说，朕没杀他，就是最大的奖赏啊。

皇帝显得很大度。

士 气

皇帝爱吃燕窝。

燕窝大补，皇帝为国事操劳，何其辛苦，需要补一补。可是，近来，燕窝的供应成了问题。原因是战乱。

南方有个叫刘五的农民领袖，率众起义，要把皇帝从龙椅上揪下来。

燕窝，是从南海边的山崖下采来的。

刘五切断了燕窝运输的通道。

皇帝就令官府征募一批渔民，驾船从水路去了南海，采摘燕窝。当然，皇帝不会光顾吃燕窝，皇帝还要保江山。

皇帝要剿灭刘五的义军。

然而，皇帝派去的将军，一个个都吃了败仗。

江山危在旦夕。

皇帝决定亲自上阵。

皇帝带了精锐部队，挥师南下。

皇帝到底是皇帝，用兵如神，所向披靡，一直杀到南海边。

刘五的义军仓皇逃窜。

皇帝决定安营扎寨，先休整一番，再去追击。

这时，有人报说，官府派去采摘燕窝的渔民遭海难死了。

少年梦·青春梦·中国梦——中国故事
　　〔王　往〕 捉鱼小孩

有大臣说，快将这些尸体扔下海去。

皇帝问，何故要将他们扔下海去？

大臣耳语道，而今战事正紧，皇上征募渔民采摘燕窝，恐有违民心，于士气不利也。

皇帝说，此言差矣。

皇帝召集首领，令士兵列队。将采燕窝遭海难而死者装入棺木，抬至军前。

皇帝拍着棺木说，为了朕的江山，为了天下百姓，这些采摘燕窝的渔民献出了生命。这笔血债要算到刘五头上！全体将士们，要为这些死去的渔民报仇！

皇帝越说越激动。

一时，士气大振。

皇帝很满意。

民 风

皇帝一统江山。

皇帝说，打天下容易，治国不容易。

臣子说，皇上说得对。

皇帝说，经过这几年的休养生息，百姓的日子渐渐好了。

臣子们说，皇上治国有方。

皇帝说，百姓日子好了，是好事。但是也出现了一些不好的现象，就是铺张浪费，大操大办之风日盛。比如说吧，老百姓死了，葬礼越来越隆重了，棺材做得太讲究，浪费了大量木材，墓地也越来越大，占了不少耕地，这不好，我看，这股风气得刹一刹。

臣子们说，皇上圣明。

皇帝说，这件事就交给礼部去办吧。

礼部大臣叩首，请皇上放心，臣一定不负重托。

年底，礼部大臣向皇帝汇报，一年之内，狠刹厚葬之风，已初见成效。

皇帝说，说详细点。

礼部大臣说，今年全国墓地占地面积大大缩小，所节省耕地产量800万担，棺材也规定了尺寸，节省木材计价300万两白银……皇上您高瞻远瞩啊。

皇帝说，还要加大力度。

礼部大臣叩首，臣将不遗余力。

皇帝说，不是我非要给你加压力啊，实在是国库不够充盈，财政开支大啦，比如说吧，皇陵刚开工一年，就花了 1000 万两白银，等到几年后完工，还不知要花多少钱哪……你呀，多吃点苦吧。

大臣叩首，臣万死不辞。

小传奇一束

一、书痴

苏北有个人叫周书生，是个落第秀才，为生活所迫，干起了盗墓的勾当。但是，他爱读书的习性没改，可以说是嗜书如命。

有一天晚上，周书生与同伙李三去古淮河边掘墓，打开棺材后，发现尸体旁有不少值钱的珠宝，还有几册古书，周书生高兴坏了，取出一册书，就着手中的烛光，倚着棺材就读。李三将珠宝搜罗一空，催他快走，周书生却陷进书中，头都不抬。李三心想，真是个书痴啊。李三乐得独吞，一个人跑了。

很快，蜡烛就烧到底了，烛油烫得周书生痛叫一声，一小截蜡烛也掉进坑里。周书生还陷在书里，忘记自己身在何处，推着尸体问：先生，你家蜡烛在哪？

二、仁术

清朝乾隆年间，淮安府山阳县有个名医叫吴鞠通，医术高明，而且极有仁德，老百姓叫他吴大善人。

话说有一天，吴鞠通外出行医，遇见一只黄鸟在树上凄惨地叫着。吴鞠通悄然走近，将它捉住，发现黄鸟的一只腿断了。吴鞠通就取出膏药，想给黄鸟的腿贴上。哪知道，黄鸟突然间对着他的眼啄了一下，吴鞠通一阵疼痛，黄鸟借机飞走了。吴鞠通捂着眼，对着黄鸟飞去的方向说，小黄鸟，我的眼睛可以治好，你的腿伤如何是好哦？你快回来啊……

三、无才而傲

纪晓岚倚仗着自己有才华，将文武百官都不放在眼里，就是在乾隆面前，也敢嬉笑怒骂。乾隆也给他面子，还常与他有诗文唱和。太监刘得儿看不惯纪晓岚，总是找纪晓岚的茬儿，纪晓岚懒得理他。刘得儿就去乾隆那儿告状，乾隆也充耳不闻。刘得儿没办法，也学起了纪晓岚的处事风格，整天不务正业，见谁都爱理不理，没事就说几句风凉话。

有一天，乾隆和纪晓岚带着几个宫女和太监去看荷花。一个宫女的手帕掉进了水池。这个宫女凭着皇上对她有好感，就撒娇起来，说请纪大人帮她捞手帕，纪晓岚理都不理。乾隆就使眼色给刘得儿，让他去捞，谁知刘得儿也昂起了头，装着没听见。乾隆大怒，让卫士立马把他拖走砍了。刘得儿挣扎着说，皇上，临死了容我问个明白，纪晓岚一直恃才傲物，你处处让着他，偏向他，为何就对我这么狠呢？乾隆说，那我就让你死个明白，纪晓岚恃才傲物，因为他有才啊，你没才凭什么傲物呢？世间像你这样无才而傲的人可不少啊。

刘得儿这才明白，可是晚了。

四、招蚊咒

民国年间，苏北顺河镇上有个叫顾惜生的奇人，会一种招蚊子的法术。每到傍晚，他就选定家中一个角落，念起咒语，咒语念完，周围的蚊子就飞到了他划定的圈子内，动也不动了。第二天，家人就将蚊子全部打死，扔进猪粪坑。开始的时候，人们不信，都说他吹牛。后来，一些有钱人家请他去念咒语招蚊子，没想到果真灵验，周围的蚊子都往他念过咒语的圈子里飞，屋子里一只也不见。有钱人家高兴坏了，自然少不了赏赐。

有一年夏天，一支部队进驻了顺河镇。一个叫莫过于的团副听说了这事儿，也将顾惜生请了去，要他念招蚊咒．顾惜生在莫团副的住房墙角根画了圈，念起了咒语。莫团副说要是能让我和姨太太睡个安稳觉，明天一定重重赏赐！可是，当晚莫团副的屋子里蚊子出奇的多，搅得他和姨太太一夜没睡好。第二天，莫团副刚要派兵将顾惜生抓来，顾惜生自己找上门了。莫团副一摸盒子枪，说，老家伙你还敢来，看看我太太脸上的红点子吧。顾惜生说，我就是来看看效果的。莫团副说，你坑蒙拐骗骗到老子头上了，来人，给我绑了！顾惜生不慌不忙地说，我的招蚊术一直是管用的，在团副这儿不管，我想是有原因的。莫团副问，什么原因？顾惜生说，您身上的血腥气太重了。莫团副用枪顶着顾惜生的太阳穴说，到死你还在骗老子！顾惜生说，老总杀了不少人，也不多我一个，要杀就杀吧，我可真的想劝你一句，少杀人，少沾些血腥，要是我的招蚊咒都不管用了，你得作多少孽啊。莫团副愣了一会儿，叹了口气，放下了枪。

过了几年，顾惜生去栖霞寺当了和尚，没想到碰上了当年的莫团副，莫团副早就离开军伐，出家为僧了，改名静观。静观问他为什么也出家。顾惜生说，我身上也沾了不少血腥啊。莫团副说，你有什么血腥？顾惜生说，我的招蚊术杀的蚊子太多了，蚊子也是命啊。静观说，嗯，你比我有悟性，这下好了，我们一块儿学佛，一心向佛！

五、狐斗

宋桥镇有个人叫宋宽，一次他去犁地，发现田埂上走着一群狐狸，一鞭子甩过去，打死了一只。打那以后，宋宽的日子就不顺了，总是有麻烦。有人说是狐狸报复他，宋宽不信。

有一天晚上，宋宽睡着了，被一阵声音惊醒。宋宽点起灯，看到窗台

少年梦·青春梦·中国梦——中国故事
［王 往］捉鱼小孩

上有一点狐狸，狐狸用前爪拍着窗台上的葫芦。宋宽就拿了棍子，开门去打。刚到屋外，狐狸从窗台上跳下跑了。宋宽返回屋时，却见另一只狐狸从屋里窜出，嘴里好像衔着什么东西。当时，宋宽没多想，上床睡了。第二天，他发现昨晚放在桌上的一块肉不见了。宋宽又气又笑，原来昨晚两只狐狸用了调虎离山之计。

又有一天晚上，宋宽起床小解，却不见鞋子。宋宽只好光着脚找鞋，突然脚下一滑，跌倒在地。床前哪来的水呢？原来是狐狸将他的尿壶推倒了。宋宽那一跤跌得不轻，贴了十多天膏药才能走路。

有了这两件事，宋宽再不敢小看狐狸了。他发现家后的树丛中有一群狐狸，还故意在一棵大树旁放了几个鸡蛋。狐狸吃了，就再放几个。

后来有一天，宋宽病了，有人对他说，恐怕是狐仙附体，叫他去请巫婆。宋宽说，我还是不相信狐仙附体，不过我相信狐狸是最聪明最有灵性的畜生，伤不得的，要对它们好，像对人一样对它们。现在，我对它们好了，我不相信它们还会折磨我。

果然，宋宽的病没有大碍，服了几剂方子就好了。

红 狐

山上有座破庙，破庙里没有和尚，常有几只狐狸出入，红色的皮毛，远远望去，像几束火苗。深夜，破庙里传出阵阵凄厉的叫声，令人毛骨悚然。不知哪一天，红狐不见了，破庙里住进了一个疯疯癫癫的老头和一个穿着一身红衣服的小女孩，小女孩很漂亮。

山里的孩子们感到稀奇，去破庙里玩。老头叫那小女孩："狐精，来，背书给爷爷听。"小女孩便走到老头跟前，站好，双手垂下，露出白白的牙齿："松下问童子，言师采药去。只在此山中，云深不知处。"老头微闭着眼，捻着银须，静静地听着。

孩子们回去跟大人讲，说那老头叫小女孩"狐精"。大人吃了一惊，瞪大眼："真的？啥样？"孩子说小女孩穿一身红红的衣服，说话好听，只是听不懂。大人就凶孩子："那是狐精，不要再去了。"

几年后，寨子里的干部去那破庙，见破庙的墙上写了好多好看的字，问老头谁写的？老头指指红衣女。村干部就对老头说："让她教孩子们读书吧，寨里没学校，就在这破庙里怎样？"老头说好，红衣女也很高兴。

女教师依旧穿一身红衣服，声音像山涧的流泉一样动听，目光如早晨的阳光照得孩子们暖暖的。她作了自我介绍，在黑板上工工整整地写上自己的名字：胡晶。孩子们就齐声叫道："胡——老——师。"

朗朗书声在山里回荡。

一次课堂上有两个孩子晕倒了，女教师忙和学生把晕倒的孩子送到山下很远的医院，可是晚了，孩子死了。寨里的人就不再允许孩子上学，说女教师是狐精，把孩子"魔"死的。干部再三说那是孩子上学途中吃了有毒的野果，有医院证明的。人们仍是要将女教师赶走。女教师急得眼泪都掉下来："真的，我不是狐精，我不是的……"孩子们都哭了："别让老师走，我们要老师……"

女教师又站到了讲台前。那天早晨孩子们上学，爬上山顶，发现破庙一夜之间倒了。人们扒开废墟，却只见被砸死的老头和一只红狐狸，没有女教师。

"果真是狐精啊，破庙一倒。她就溜了，留下了原形，可怜这老头子，好在孩子们一个没伤，好险呀。"大人说。孩子们却只顾哭。

正说着，女教师却上山来了，村人吓得直往后退。女教师对干部说，北山坡下的一个孩子昨天没来上课，她晚上去家访，回来时从山坡跌下，昏了过去，天将明才醒过来。她脸上果然血迹斑斑，站也站不稳，以前吃毒果死了孩子的两家人愤怒地说："别骗人了，你这狐精，你的伤肯定是让庙倒下砸的。你滚吧！"有的人还操起了棒子。

女教师走了。寨子里没有了学校。山上没有了读书声。

可是每到晚上，满山都回荡着女教师的声音。

大人们说，这是狐精在叫。孩子们却一点也不怕，他们聚到一起，举着火把，在山里寻找：

老——师——老——师——老——师——

九月的笛声

　　昨天一天，阿昆来回走了七八十里山路，天黑透了才回来。阿昆是去城里卖菠萝了。这是他们家卖最后一趟菠萝了。阿昆回来后，笑眯眯的，卸下背篓坐到油灯前就点钱。其实，阿昆在城里就点清了，他是要让婆娘高兴一下呢。阿昆的大拇指蘸一口唾沫就数一张票子，数完了，婆娘伸手要接过来，阿昆往后一缩：别动，我还没数清。婆娘脸一冷：我数数会少啦？阿昆一手攥着钱，一手又到怀里掏出一把硬币：你让我过一下总数。婆娘很眼馋地看着阿昆把一枚枚硬币放成十个一摞，一共是四摞，其中一摞才九角钱，数了一遍，还是九角。阿昆说：也不错了，一共是七十八块九角，你再数数？婆娘边数边说：这下好了，光笑、岩尼、劳班的学费都够了。阿昆提过烟筒，点了支烟，吸了口，笑笑。婆娘猛然想起来说：你快吃饭去。阿昆说：先给我泡点儿大叶茶。我问你，还有没有菠萝了？婆娘说：你也是会嚼白，不是你跟我一起砍的，没有了你不晓得？阿昆笑笑：我想，要还有一背篓就好了。婆娘说：别说菠萝了，猪也让你卖了，牛也让你卖了，要不，你把我也卖了？阿昆说：你不晓得，我想买台收录机呢。什么收录机？婆娘问。阿昆就把收录机怎么怎么好玩说了。婆娘说：好是好，但钱不够啊！你不是说最差的要六十块嘛，咱四个班级四十二个学生要花很多钱呢。

鸡叫二遍了。山里人是最爱听鸡叫的，它是寂寞长夜里欢快的节奏，它给辛酸的日子唤来每一个充满希望的黎明，它提醒每一位山民不要忘了裹在蕉风椰雨中的小屋是世界的一部分。鸡鸣声打断了阿昆的鼾声。他坐了起来，伸脚碰碰婆娘：哎，我还是想进城去。婆娘没睡着，只是有些迷糊，以为阿昆又说梦话了，也伸脚碰他，却只碰到他的脚。哎，我今天想上城呢。阿昆又说。又上城，整哪样？这下阿昆不说话了。婆娘也坐了起来：你可不能买那机子。不买，不买，我又不是不晓得钱不够，我还能拿四十二个娃娃读书的事瞎整？那你去整哪样？婆娘又问。阿昆又不作声了，摸到床头的烟筒，装了烟，咕噜咕噜吸起来。好久，阿昆才说：我去买根笛子。你买笛子做什么？婆娘问。阿昆笑笑：你脑子笨，我不想跟你多说，你起来做饭吧，我吃了，赶早走，来回七八十里路呢。

婆娘晓得阿昆不会做荒唐事，可有些事他也不想和她多说，在这一点上婆娘老是觉得委屈：阿昆你一个人把朵把寨小学撑起来了，这没错，可我跟着你也没少吃苦嘛，两口子有什么不能说？虽这样想着婆娘还是起床做饭去了。

阿昆吃了饭，婆娘又摘了两片芭蕉叶，包了一大团饭，放进了一把辣子，一把酸菜，用茅草扎了，让阿昆提着上路了。

婆娘在门口目送了阿昆好远，刚转身要进门就听见山梁上传来了沙哑的歌声，婆娘这才想起，昨夜阿昆梦中唱的也是这首歌。婆娘倚着门，看着山尖上惨白的月牙山，泪水慢慢淌下来。阿昆唱的是：起来，不愿做奴隶的人们……

开学了。九月一日的早晨，朵把寨小学一个年级四十二个学生和学校唯一的一位老师——阿昆老师，还有阿昆老师的婆娘站在操场上。四十四双眼睛看着操场一角的旗杆。那旗杆原是两根杉木接起来的，已经发黑，这会儿已让阿昆老师请漆匠岩波涂成银白色，就像那不锈钢的旗杆一样了。阿昆老师让一个叫玛尼的小姑娘站到旗杆下，准备升旗。阿昆老师望了一眼妻子，说：同学们，看到我手里的笛子了吗？你们的师母问我买笛子干什么，我没有告诉她，现在让我给大家讲讲我为什么买笛子吧。暑假里，我上城卖菠萝，在一家商店，我看到电视上放出天安门广场升国旗的情景，我才知道，在国歌声中升旗是多么威武啊。我就想买一台收录机，买一盒国歌的磁带，可是钱不敢乱动啊，我算了一下，再替几个学生交了学费，最多剩十块钱了。第二天，我就上城花了三块六角钱买了一根笛子，我想，我们朵把寨小学也要在国歌声中升旗，现在——

阿昆老师朝着旗手玛尼一挥手，接着横笛在唇：起来，不愿做奴隶的人们……

国旗在风中招展，歌声带着旗帜的庄严，带着目光的憧憬，踏上了苍鹰的双翅，飞越竹林，飞越山峦……

屋梁上的肋条

　　大年三十吃了一顿肉，正月初三吃了一顿肉，正月初五又吃了一顿肉。生产队分的 8 斤肋条肉，还剩不到 2 斤了。母亲把这剩下的肉抹了一层盐，挂到屋梁上的铁钩上。母亲说，今天不吃，留着，你外婆过几天来，到时候再弄给你们吃。二哥问母亲：外婆怎么从来不来我们家母亲的筷子就停在嘴边，好一会儿不说话。父亲接过话：过几天就来了。

　　是的，我长到七八岁，还从没去过外婆家，外婆也从来没来过我们家。望着屋梁上的肉，我等着外婆来。但几天过去了，外婆还没来。大人上工时，我和小妹就坐在门槛上，望着屋梁上的肋条。望着，想着，我来了主意，我让小妹和我把桌子挪到铁钩下，我爬上桌子，掏出铅笔刀，伸手去割肉，可是，铁钩太高，我个子太矮，够不着。我下来，把板凳搬上桌，让小妹扶着板凳，我站了上去。这下，够着了，我割下了一块肉，没敢多割，只一小片，有橡皮擦那么大。接下来，我把那片肉埋到了烤火盆里，很快，就有了"嗞嗞"的声音，很快，就有了扑鼻的香气，很快，我就拨开火炭，捡出肉片，用铅笔刀一分为二，与小妹共享。

　　接下来的几天，我欲罢不能，每天要割一小块肉下来烤了吃。每天，母亲回来，我都注意着她的表情，怕她发现，每天，我都对小妹说千万不要讲出去。我在胆战心惊中体会着肉的喷香，在肉的喷香中胆战心惊。但是，有一天，母亲还是发现肉明显少了。不用多问，母亲知道是我带着小妹干的。母亲拿着柳条，狠狠抽打着我们。打完了，母亲说：说了多少遍了，等你外婆来弄给你们吃，就是不听，再割一块，我就让你们连铁钩子吞下。

为什么要等外婆来呢？外婆就是来吃肉的吗？

多年以后，母亲对我讲了她和外婆的故事：外婆的家境较好，因为外公是公社干部。外婆的大女儿嫁了个在县委开车的司机，二女儿嫁了个银行会计，四女儿嫁了个供销社主任，而我的母亲，她的三女儿，却偏偏看中了一个普通的公社社员，而且是丧偶领着一个男孩的我的父亲。母亲出门那天外婆气得昏了过去。气若游丝的外婆对我母亲说：我没有你这个闺女，你一辈子不要踏进娘家门一步，我也到死不去你家。

记得在我挨打后的第三天，我外婆到我们家来了。饭桌上，外婆问母亲粮食够不够吃，母亲说够吃。其实我们家粮食常常不够吃。临走时，外婆掏出一沓粮票和布票塞给母亲，母亲不接。外婆说：别嘴硬了，你的日子我全看到了，拿着吧。我老了，跑不动了，没事你也回娘家看看……

外婆走了，母亲回到屋内放声大哭起来。

去年春节，全家团聚时，小妹又提起了小时候我们偷肉的事。母亲说："你们挨打，也怪我。你外婆临终时还说，三闺女就是脾气犟啊，又死要面子。"

杀猪匠朱文理

朱文理是个杀猪的。乍一看，不像：个儿不高，精瘦瘦的，白净皮肤，两眼老是眯着笑。别看这样，一头猪到他手里，三两下就停当了。他力气小，但有办法，用绳子挽个扣，套住猪后腿，往树上吊——树丫上装个滑轮，人好使劲猪不好使劲，任他摆弄。

朱文理是盐码村徐老爹家的上门女婿。在老家朱码时，朱文理和本村一个姑娘好，但是姑娘家里人不同意，硬逼着姑娘嫁给另外一个人了。这个人的家，要是远些就好了，偏又和朱码是邻村，这三天两头的碰面，朱文理很难过。朱文理心头堵着一口气，老想着把那男的杀了。可是杀人要抵命，朱文理下不了手。后来，朱文理就托人说媒，要离开朱码，这就到了盐码做了上门女婿。晚上，村里人聚一起"嚓呱"——说闲话儿，朱文理说："人在世上，不容易，活法有几种，一是抗，二是忍，三是让。抗呢，对人对己都没有好处；忍呢，憋一肚子气，坏了身体；让呢，就是躲、逃，选另一条路子活。你们看，我到了盐码不就很好吗?"有人点头。朱文理就又说："过去，一个人，看到路上有许多马粪，怕有别人来拾，就给每一团马粪都画了个圈儿。有人来拾，他不让，说我画了圈的。另一人不服，给这人站的地方画了圈，把他的头往粪兜里按，说你连人也让我圈住了。二人打起来了，都往死里打，一个被打死了，一个被官府捉去砍了头。就为一堆马粪，你看这……人嘛，要学会让。"

朱文理这个上门女婿能说会道又会处事，村里人有了麻烦，就去找他。村里鸭头跟村里光棍三喜好上了，鸭头有哮喘病，又管不住，就去找朱文理。朱文理说："这是好事。"鸭头说："好事？"朱文理说："你要管死了，她就跟三喜跑了，你有什么办法！"鸭头说："跑就跑了。"朱文理说："说得轻巧，跑了，凭你这样，你能把两个孩子带大？不如装作不晓得，让他们两个对你有份愧，反而好好地给家里卖劲。等孩子大了，她岁数也大了，心劲儿就没了，你们还是一家子，听我的话，你没亏吃。"鸭头想想也是，就对女人和三喜的事睁一只眼闭一只眼了。鸭头的孩子大了，女人还真不去三喜那儿了。有回，鸭头的腿跌伤了，女人用板车拉着他去贴膏药，路上碰见卖肉的朱文理。朱文理笑着说："鸭头，你看弟妹对你多好。"鸭头说："她就该对我好。"鸭头女人说："文理大哥，我不对他好对谁好？"朱文理说："鸭头，听见了吧，你还是最好的。"两口子听了朱文理的话，都红着脸笑了。

朱文理杀猪，秋冬天一般选在下午，早早儿杀了，晚上好歇歇，春夏一般在天将亮时杀，春夏天热，杀早了猪肉易变色变味。一年夏天，朱文理三四点钟时起来，把猪后腿套了绳子，拉出了圈，往圈旁树上吊，没想到那绳子用久了，不结实，断了，猪就跑了。朱文理跟在后边追。那猪跑到了三龙家门前，一头把门撞开了。朱文理进去，一看，那么晚了，三龙他爸和三龙大伯、二伯还在喝酒呢。朱文理觉得奇怪，就问他们哪来的兴趣。三龙他爸说："不瞒你文理老弟说，咱兄弟仨在壮胆子呢。"朱文理问壮什么胆子。三龙他爸说："咱兄弟仨要把三龙用绳子勒死。"原来，这三龙从小到大爱惹事，不是打这个，就是打那个，闯了不少祸，吃了一回官司还不改。那天中午，还把他妈打了，把他妈的眼都打肿了。三龙他爸前思后想，就叫来兄弟们，商量着除掉儿子。朱文理听说了，把猪赶出去，门关上了，说："你们糊涂啊，这样做，要吃大亏的。"三龙他爹说："文理，你说，我们怎么办？"朱文理说你们先帮我把猪赶回去，三龙的事情交给我。朱文理说罢，推开了三龙的门，叫醒了三龙。朱文理说："三龙，你想不想有钱花。"三龙说："我看谁都不顺眼，就是看钱顺眼。"朱文理说："那你帮我杀个猪，给你 10 块钱怎样？"三龙说："我不会杀猪。"朱文理说："你就放个血就行了。"三龙想，这简单。可是三龙到朱文理家，拿了刀子，对着猪，却不敢下手。朱文理说："下手啊，你就那么点胆子？"这么一激，三龙就卷起了袖子……猪血刚喷出来，三龙就吓得躲开了。朱文理说："不怕，再杀几头就好。"

后来，三龙就跟朱文理学杀猪了，买了杀，杀了卖，忙得很；脾气也慢慢变好了，不惹事了，对人还很和气。

村里人对朱文理说："文理，三龙就服你哩。"

朱文理说："不是服我，是服猪，猪让他出了恶气哩。"

葡萄架下

尹坐在葡萄架下。交错的藤蔓，密布的绿叶挡住了火辣辣的阳光，但尹坐不多久就冒汗了。他感到脚下有股火往上蹿，心头有股火往外撞。自离休以来，尹就一直很烦燥。他寡言少语，深居简出，总觉得有许多人在觊觎着他什么。

几个孩子在他们前转来转去，他这才发现葡萄已经快要熟了。他竟然很生气，冲几个孩子嚷道："看什么？看什么？想摘葡萄？去去去！"孩子们"做贼心虚"，一呼啦跑了。

隔壁的艾老师正躺在自家门前的葡萄架下闭目养神，被吵醒了。他侧过身子，对尹微微一笑，算是打招呼。

"这些小鬼，闹得人睡着觉。"尹恐被艾老师笑其不值一怒，讪讪地说。

"春华秋实，是该享用了，不吃，也要落下的。瓜熟蒂落，物理皆然嘛。"艾老师打趣道。

尹听着却不舒服，觉得艾老师的话中含着戏谑、嘲弄。艾老师和尹是同一天走上工作岗位的。艾老师这个人"迂"，什么事都差一窍，只知道死抱着教课书，站在讲台吃粉笔屑。尹一惯认为自己干什么都有股闯劲，都要出人头地。他由老师而校长而教育局局长，青云直上，春风得意。说实话，他有点瞧不起艾老师的默默无闻。不过，眼下，尹对艾老师既妒且慕。自入夏以来，艾老师就从早到晚，葡萄架下或坐或躺，躺在椅旁的小凳子上搁几张《教育报》，一杯茶。他翻翻报，喝喝茶，听听收音机，一副怡然自得的样子。

尹心头烦起来了，又进屋去了，此时的艾老师已美美地啊起鼾声。

一天，尹被女儿带去吃他喜欢的炒鳝丝，回来时，见到几个孩子在摘艾老师家的葡萄。尹故意咳嗽一声，吓得孩子们一哄而散。

艾老师家的门"吱呀"一声开了，艾老师出来竟抱怨似的说："嘿，干吗把他们吓走呢？"

"他们偷你家葡萄呢！"

"这，我知道，我是故意躲起来的。"

尹一脸疑惑。

"看到这些孩子，我就想起自己教的那些小学生，调皮、可爱。偷点葡萄算什么，小时候，谁没干这些可爱的错事。他们在那儿摘，我在门后听着他们叽叽喳喳的，心里好快活呀。教了一辈子的书，都是小学生，这下没有孩子闹了，心里还真空落落的。"艾老师感慨万千。

后来，尹的葡萄也成了孩子们的"战利品"。两位老人在葡萄架下品茗谈心，享受着醉人的秋意。

大学的楼

　　快过年了，还有人来大学内教学楼工地找活儿。工头让这人跟田宝住一个小工棚。这个叫卢老六的家伙 50 岁上下，一条腿有些不灵便，不会砌墙手艺，只能拎拎泥兜，搬搬砖头，干的是小工活儿。田宝问卢老六怎么这么晚才来找活儿，卢老六说他春天就来省城了，一直干到原来的工地工程结束了，现在回去太早，还有一个多月才过年，想再挣几百块钱。卢老六问田宝什么时候来工地的，田宝说也是春天，到现在有 11 个月了。卢老六说你会手艺，工资高，这一年能挣万把块了吧？田宝笑笑，没答个上下。田宝拿过墙角的酒瓶，让卢老六和他喝几杯，卢老六忙摆手说："兄弟，你喝，我不会喝酒"。田宝又劝了几句，卢老六还是不喝。田宝就自个儿喝了。不一会儿，酒就下去了半瓶，脸也红了，说话舌头也打弯了。卢老六说："兄弟，少喝点吧，下午还要干活呢，喝多了，爬上爬下不安全"。田宝打着嗝，摇头晃脑说："不安全，我就不上班，睡觉。"

　　下午，田宝果然没上班。工头对卢老六说田宝三天打鱼两天晒网，挣几个钱都跟酒下肚了。卢老六想，那我得劝劝他。

　　晚上，田宝又喝酒了，还买了十多块钱熟菜，田宝让卢老六和他一块儿喝，卢老六摆摆手说："老弟，我说两句，你别见怪。你这一喝酒就误事不行，另外，你这菜也该简单些，手艺人挣钱不容易呀。"田宝笑笑：

"老哥，你这话说得没错，有多少人早对我说了，可要我说，这世上啥是你的，吃在肚子里才是自己的。"卢老六说："这一家过日子，你就光想着自己，家里呢？"田宝一仰脖子，又喝下一大口酒，抹一把嘴，苦笑一声："家？我那家也叫家，女人前几年生病死了，闺女跟她奶奶在家，就这……"卢老六问："闺女上学没？"田宝说："上到四年级，她妈死了，我就让她回来了……"卢老六说："兄弟，你这就糊涂了，怎能不让孩儿上学呢？"

"我哪来的钱？"田宝丢一个花生米到嘴里，"过一天痛快一天吧。"田宝越喝越来劲，卢老六一把夺过他的酒杯说："兄弟，你少喝些。"田宝抓起脚边的一块砖头，瞪着通红的眼，对卢老六吼道："放下，不放下，我砸死你！"卢老六赶忙把酒杯放下了，连声说："兄弟，对不起，对不起……"。

以后的很多天，田宝和卢老头都不跟对方讲话，田宝喝酒时，卢老六干脆到工棚外面去。

这一天，一个姑娘来到了工地上，找卢老六。卢老六忍不住对田宝说："这是我闺女，在这儿读大学，放寒假了，让我和她一块儿回去呢。"田宝见姑娘苗苗条条，白白净净，大大方方，怎么看也不像瘸腿卢老六的女儿。卢老六的女儿挽着他爹的胳膊说："爹，我明年毕业了，找到工作，我就不让你出来打工了。"卢老六说："不苦不苦，爹不觉得苦。爹一到工地，就想着是给你盖楼呢。"卢老六的女儿非要带着他爹去逛逛，卢老六拗不过女儿，让女儿挽着胳膊走了。这父女俩边走边说话，边说边笑，一个花枝招展，一个精神抖擞。田宝呆呆看着这父女俩的背影，在心里想："卢老六，你真有福啊！"

工地放假了，田宝找到工头说："过年我不回去了，我想留下看工地。"工头说："你看工地，怕喝多了，连床都让贼抬走了。"田宝就把几瓶酒拎出来，当着工头的面砸了。工头拍着田宝的肩膀说："行，你要给我看好了，我每天补你30块钱加班费。"

除夕夜，田宝跟女儿通上了电话。

田宝：闺女，过了年爹还送你去上学。

闺女：爹，你咋不回来过年？

田宝：爹在这儿给你盖楼哩！

闺女：过年了盖啥楼？

田宝：你上大学住的楼！

……

田宝丢下电话，透过除夕夜的小雪花儿，看到那盖了一半的教学楼，仿佛一节节往上长呢。

麻　雀

　　远处的田野上空腾起一群小鸟，灰蒙蒙的一片，如烟。"烟"很快散开，开始，像上下抛动的灰线团，看不清往哪个方向飞。

　　很快的，那些灰线团就清晰起来，是一群麻雀。

　　我拉着儿子的手，站在田埂上，等着它们飞过头顶。但它们渐渐往高处飞去，直到我们听见叽叽喳喳的叫声，看到扇动的双翼，它们还是往高处飞。

　　麻雀能飞多高呢？我想。

　　果然它们不往更高的地方飞了。原来它们的目标是高压线。高压线，是它们能达到的最高限度吧。

　　每遇到类似这种情况，我便会向儿子讲些常识。

　　于是我问儿子："麻雀为什么不怕电呢？"儿子仰起脸，看着我，扑闪了一会儿眼睛，说："电也喜欢它们！"

　　这回答出乎意料，也让我惊喜：儿子，有诗人气质。人们不是向往诗意的生活么，前提是心灵里潜藏诗的性情呀。

　　儿子的话，让原来就喜欢麻雀的我对它们又多了一番爱怜。

　　麻雀是喜爱热闹的小鸟。它们喜欢聚会，喜欢打打闹闹，说说笑笑，每天都有快乐的话题。它们在田野里蹦蹦跳跳是一大群，往村庄的树梢飞是一大群，在草垛里啄食残留的稻粒是一大群，在屋檐下筑巢也是比邻而居。我们总是向往宁静，而且常常美化孤独，然而热闹就不具有诗意吗？月上柳梢，乡村人摇着蒲扇，聚到晒场上，谈农事谈张家长李家短，笑语喧哗，打情骂俏……华灯初上，城里人在大排档前打开啤酒，谈新闻议物价，牛皮烘烘，摩拳擦掌……这样的世俗生活的画卷也不乏情调。平凡人物的热闹是建立在平常心之上的，平常心是世俗生活的底色，呈现出来的就是祥和、安宁、幸福，就像一大群麻雀在田野上起起落落，正说明了田野的丰饶与生机啊。

是的，麻雀飞得很低，永远赶不上鹰的高度，但是麻雀为什么要像鹰那样凌驾于一切之上呢。

麻雀的生活告诉我与周围的人相处和谐是一种幸福。面对万家灯火时，我常常情不自禁地产生对人间的爱意。谁又能因此而说我缺乏理想呢，就像麻雀有时候也会飞上高压线，看看远处的风景！

——我乐意自喻为麻雀。

"电也喜欢它们！"

失　踪

　　刘以秋和情人逛街时被老婆发现了。那一刻，刘以秋的心都悬起来了，他慌忙丢开情人的手，往旁边走了两步，可是情人却又抓住他的胳膊，努着嘴撒娇。老婆愣了一下，就什么都明白了。老婆没有骂，也没有哭，更没有扑上去撕扯。老婆扭头走了。

　　刘以秋踏进家门之前，想好了几种应对方案：一是说自己和那个情人是闹着玩的，没有实质性发展；二是说自己一时糊涂被那个狐狸精勾上了，以后保证不再和她来往。刘以秋之所以想委曲求全，是因为他不想离婚。他有个 11 岁的儿子，一旦离婚，孩子就苦了。

　　进了家门，刘以秋就装出一副后悔莫及的表情，等待着老婆发泄，以便根据老婆的态度决定采取哪一种方案。然而，出乎刘以秋的意料，老婆很平静，不吵也不闹，该做饭就做饭，该洗衣就洗衣。只是到了晚上，老婆住进了儿子的房间。

　　冷战，刘以秋想，平静的海面下酝酿着风暴。

　　但是，风暴迟迟没有到来，好多天依然很平静，刘以秋对老婆的心思有些摸不到底了。

　　这天，刘以秋提前下班了，老婆没在家，刘以秋打开儿子的房间，想从中看出点儿什么迹象。刘以秋这儿瞧瞧，那儿看看，没什么异常之处。

刘以秋开始动手翻东西，这回刘以秋从老婆的枕头下翻出了一张照片。这是一张男人的照片，很年轻，也很英俊。刘以秋看看，又去枕头下翻，这回翻出了一个信封。刘以秋打开一看，呵，是情书，是一个叫章义的男人写给老婆的，刘以秋看看写信时间是 1992 年 3 月 10 日，刘以秋算了一下，这时间正是他们结婚前 20 天。

看来，老婆还在恋着那个叫章义的人。刘以秋想，老婆对他这件事不着急不发火，也许正想和章义重归于好呢。说不定，这么些年来，老婆和章义也在暗地里联系着呢。

这天晚上，老婆刚要到儿子的房间去，刘以秋说了这么一句话：过去的岁月美好啊，失去的总是可贵的。老婆问，什么意思？刘以秋说，以前是我错了，我希望你不要老沉浸在回忆里。老婆说，我回忆回忆你也要管吗？你配管我吗？刘以秋说我不配管你，但谁又知道你心里想什么呢？老婆说，我想章义，过去的一个男同学，追过我。刘以秋说，好像不仅仅是追过吧？老婆说，何止追过，还怀了他的孩子呢。你！刘以秋一下子惊呆了，你是说我们的儿子是他的？老婆冷笑，是他的，又怎么样？

那一夜，刘以秋怎么也睡不着。说实在话，刘以秋早就想和老婆分手了，可刘以秋实在舍不得儿子。可谁想自己这么多年又爱又疼的儿子竟是别人的，耻辱、骗局、卑鄙……刘以秋又恨又气，竟流下了泪水。

第二天早上，儿子上学了，对刘以秋说再见。刘以秋却一把抓住儿子，看了又看，觉得像，又觉得不像。儿子看着刘以秋的表情，很担心地问，爸爸你怎么了。刘以秋一摆手说，没什么，你上学去吧。

没几天，刘以秋领着儿子去做了亲子鉴定。一路上，刘以秋一言不发，好像儿子犯了法，他带去自首一样。儿子也不说话，心事重重。

过了几天，鉴定结果出来了，刘以秋喜出望外，儿子是他亲生的。刘以秋笑了笑，在心里骂老婆，这娘儿们，啥话都说得出口。刘以秋一高兴，就给儿子买了一身新衣服，一个地球仪。还决定，星期天领着儿子去动物园好好玩玩。

刘以秋兴致勃勃地到了家，老婆不在，儿子也不在，客厅的茶几上放着一封信。刘以秋坐下看了起来——

爸爸：

　　请允许我最后一次叫您爸爸。您一直怀疑我不是您的儿子吗？如果我不是您的儿子，我怎么办呢？爸爸我实在不知道怎么办好。我走了，你和妈妈都不要找我，你们找不到我的。再见了爸爸。

　　　　　　　　　　　　　　　您曾经的儿子刘文文

刘以秋夫妻至今没有找到他们的儿子刘文文。